CB061663

Copyright © 2014 Erika Balbino
Copyright © 2014 das ilustrações Alexandre Keto

As cantigas reproduzidas neste livro são de domínio público, à exceção de Talandê, de autoria de Mestre Caranguejo.

EDITORA Renata Farhat Borges
EDITORA ASSISTENTE Lilian Scutti
PRODUÇÃO GRÁFICA Alexandra Abdala | Carla Arbex
ASSITENTE EDITORIAL César Eduardo de Carvalho | Hugo Reis
PROJETO GRÁFICO, CAPA E DIAGRAMAÇÃO Laura Moreira
PREPARAÇÃO Jonathan Busato
REVISÃO Laura Moreira
TRATAMENTO DE IMAGEM Simone Ponçano

Editado conforme o Acordo Ortográfico da Língua Portuguesa de 2009.

1ª edição, 2014 – 2ª reimpressão, 2021

Dados Internacionais de Catalogação na Publicação (CIP)
Angélica Ilacqua CRB-8/7057

Balbino, Erika
  Num tronko de Iroko vi a Iúna cantar / Erika Balbino; ilustrado por Alexandre Keto. – – São Paulo: Peirópolis, 2014.
  il., color.

ISBN: 978-85-7596-329-6

1. Literatura infantojuvenil 2. Cultura afrobrasileira 3. Capoeira – África I. Título II. Keto, Alexandre

13-0891   CDD 028.5

Índice para catálogo sistemático:
1. Literatura infantojuvenil

Também disponível em e-book no formato ePub (ISBN 978-85-7596-496-5) e Mobipocket (ISBN 978-85-7596-497-2)

EDITORA PEIRÓPOLIS LTDA.
Rua Girassol, 310F – Vila Madalena
05433-000 – São Paulo – SP
tel.: (11) 3816-0699
vendas@editorapeiropolis.com.br
www.editorapeiropolis.com.br

NUM TRONCO DE IROKO VI A IÚNA CANTAR

Erika Balbino
Ilustrações: Alexandre Keto

Editora
Peirópolis

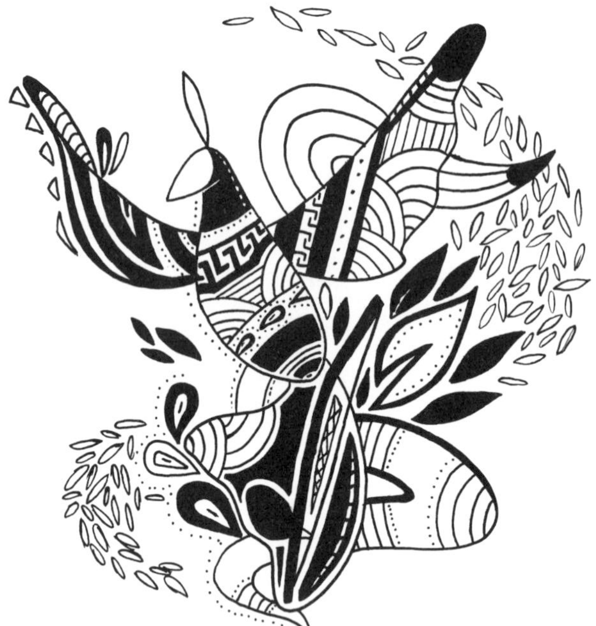

À minha mãe, à minha avó Iracy (*in memoriam*), à minha família e aos meus camaradas.

A todos os meus guardiões e mentores, especialmente à Rosinha, ao Pai Joaquim de Angola, Cabocla Potyra e ao Zé do Coco.

Bosque da Saúde, meu amor.

Em respeito às cantigas transmitidas há várias gerações, gramaticalmente alguns versos reproduzidos nestas páginas soam como incorretos. Porém, o peso dos séculos e a autoridade inquestionável da tradição oral legitimam sua utilização.

MENINO, QUEM FOI SEU MESTRE?
MENINO, QUEM FOI SEU MESTRE?
MEU MESTRE FOI SALOMÃO.
SOU DISCÍPULO QUE APRENDE,
SOU MESTRE QUE DÁ LIÇÃO.
O MESTRE QUE ME ENSINOU
VIVE NA CONCEIÇÃO.
A ELE DEVO DINHEIRO,
SAÚDE E OBRIGAÇÃO.
SEGREDO DE SÃO COSME
SÓ QUEM SABE É SÃO DAMIÃO, CAMARÁ.

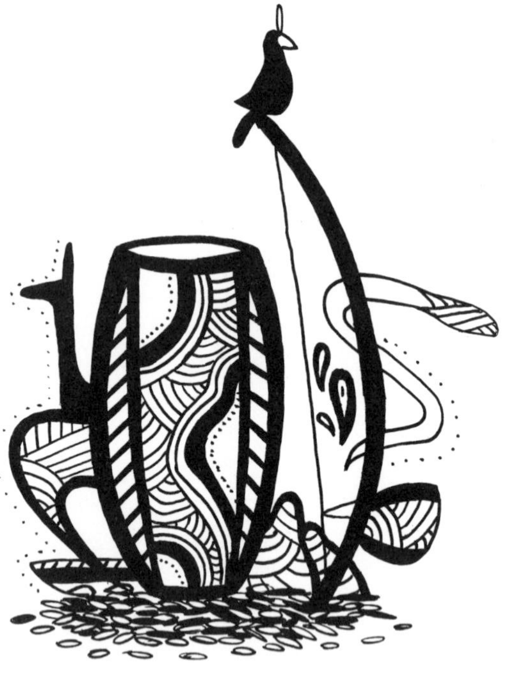

VAMOS TIRAR A VENDA DOS OLHOS?

DENNIS DE OLIVEIRA*

Brincar de pique-esconde é muito legal. Um conta até vinte, os outros se escondem e depois o encarregado de procurar os amigos sai, sorrateiro, buscando pistas para encontrá-los. Quando encontra, é uma alegria e uma correria para ver quem chega primeiro ao pique.

Jogar futebol é um desafio. Quem está com a bola precisa passar pelo adversário, que por sua vez tenta todas as artimanhas para impedir a passagem do outro. Descobrir o jeito de passar pelo outro é estimulante.

Enfim, brincar é sempre descobrir coisas novas. É jogar com cada situação. Por isso, brincar é uma forma também de conhecer o novo e estimular nossa criatividade.

VAMOS BRINCAR DE PIQUE-ESCONDE E DESCOBRIR PESSOAS ESCONDIDAS?

O Brasil tem uma grande presença de negros e afrodescendentes, que deixaram marcas profundas da sua cultura. Porém, essas marcas estão escondidas. Não porque querem, mas porque quem está brincando de pique-esconde com elas ainda não destampou os olhos.

A brincadeira assim está errada. É preciso abrir os olhos e ver. Está fácil achar. Ali pertinho tem uns meninos jogando capoeira, tocando berimbau. Parece uma dança, ataque e defesa parecem combinados de tão certinho que um se encaixa no outro. Música e corpo quase que se fundem em uma coisa só.

. . . .

* Professor do curso de Jornalismo da ECA, do Programa de Pós-graduação em Mudança Social e Participação Política da EACH e da área de Direitos Humanos da Faculdade de Direito, todos da Universidade de São Paulo (USP). Coordenador do Centro de Estudos Latino-Americanos sobre Cultura e Comunicação (Celacc) e membro do Coletivo Quilombação.

Do outro lado da rua, tem uma senhora que joga búzios, anda de colar de contas e benze quem vai lá procurando proteção. Na casa dela, um monte de figuras de orixás, cada um deles simbolizando energias e forças da natureza. As pessoas vão lá à busca de conforto, da mesma forma que outros vão a igrejas. A bondade nos seus olhos é a mesma que se vê em qualquer outro sacerdote religioso.

De domingo, um pessoal sempre se reúne para tocar música. Trazem instrumentos de percussão, cavaquinho e cantam como se estivessem rezando, tal é a emoção que sai das suas vozes e ritmos. Assim também é a dança de quem está do lado.

Bonita é mesmo a forma que outra senhora, também da casa dos búzios, trata as plantas e animais. Cada planta tem um significado, conta ela, assim como os bichinhos. Mas as plantas também têm seus segredos, e a mulher sabe muito deles, a ponto de sempre ter uma receita para curar cada dor. Funciona, e a mulher nem cursou Medicina!

Quando se tira a venda dos olhos, a gente vê o mundo muito colorido e cheio de ginga. Fica trançadinho, como o cabelo de uma menina que mora no bairro, irmã de um dos caras que jogam capoeira todo dia.

Tem muito mais gente nova no pedaço. A felicidade de descobrir isso é igual quando a gente acha o amigo no pique-esconde. É muito chato brincar e não achar ninguém. Por isso, precisamos tirar a venda dos olhos.

VAMOS DRIBLAR QUEM PÕE A VENDA E NÃO QUER TIRAR?

O preconceito e o racismo são como tampar o olho para não enxergar direito. Para destampá-lo, é preciso driblar, passar pelo adversário como em um jogo de futebol.

Primeiro, é preciso conhecer o adversário. O racismo contra a população negra brasileira existe em função da escravização de africanos que durou mais de trezentos anos no Brasil. Mesmo mais de um século após a abolição, a população negra brasileira continua sendo vítima de preconceito e racismo. Por isso, apesar da riqueza da sua sabedoria e cultura, muitos não enxergam. Ou veem de forma distorcida.

Depois, conhecendo o adversário, é preciso driblá-lo. Como a gente dribla o preconceito? Com informação, com conhecimento, entendendo tudo isto e brincando junto.

No futebol, tem adversário que gosta de derrubar o outro que tenta driblar. É um jogo desleal. O racismo e o preconceito são assim: adversários desleais. Querem derrubar o outro, não querem brincar, não querem respeitar o outro. Querem vencer a qualquer custo, mesmo que se demonstre que estão errados. Cartão vermelho para eles.

Quando driblamos o preconceito, o que a gente descobre?

Descobrimos nossos amigos, e agora dá para saber muita coisa mais. Dá para saber que o Brasil tem mais de 50% da população composta por negros e descendentes, segundo os dados do IBGE. Salvador, capital da Bahia, é a maior cidade negra do mundo fora da África.

Ainda descobrindo mais coisas escondidas: será que é só dança, música, capoeira, religião que vieram com os africanos? Tem mais.

Tirando a venda dos olhos, a gente fica sabendo que os africanos trouxeram para o Brasil a tecnologia do trabalho com o ferro (a metalurgia). E o Brasil é um dos países mais avançados nessa área, principalmente na siderurgia.

Os africanos também vieram para cá trazendo o conhecimento do subsolo, isso na época da mineração e do ciclo do ouro. E hoje o Brasil tem uma tecnologia avançada de extração de petróleo em águas profundas.

Ter preconceito é tapar os olhos e não enxergar o outro – mas é também não enxergar onde estou e também a mim mesmo. Diante disso, falar em construção de cidadãos com consciência multiétnica significa, necessariamente, ter como referência que a realidade comporta múltiplas interpretações, múltiplas formas de entendimento e que as expressões culturais são exatamente isso.

. . . .

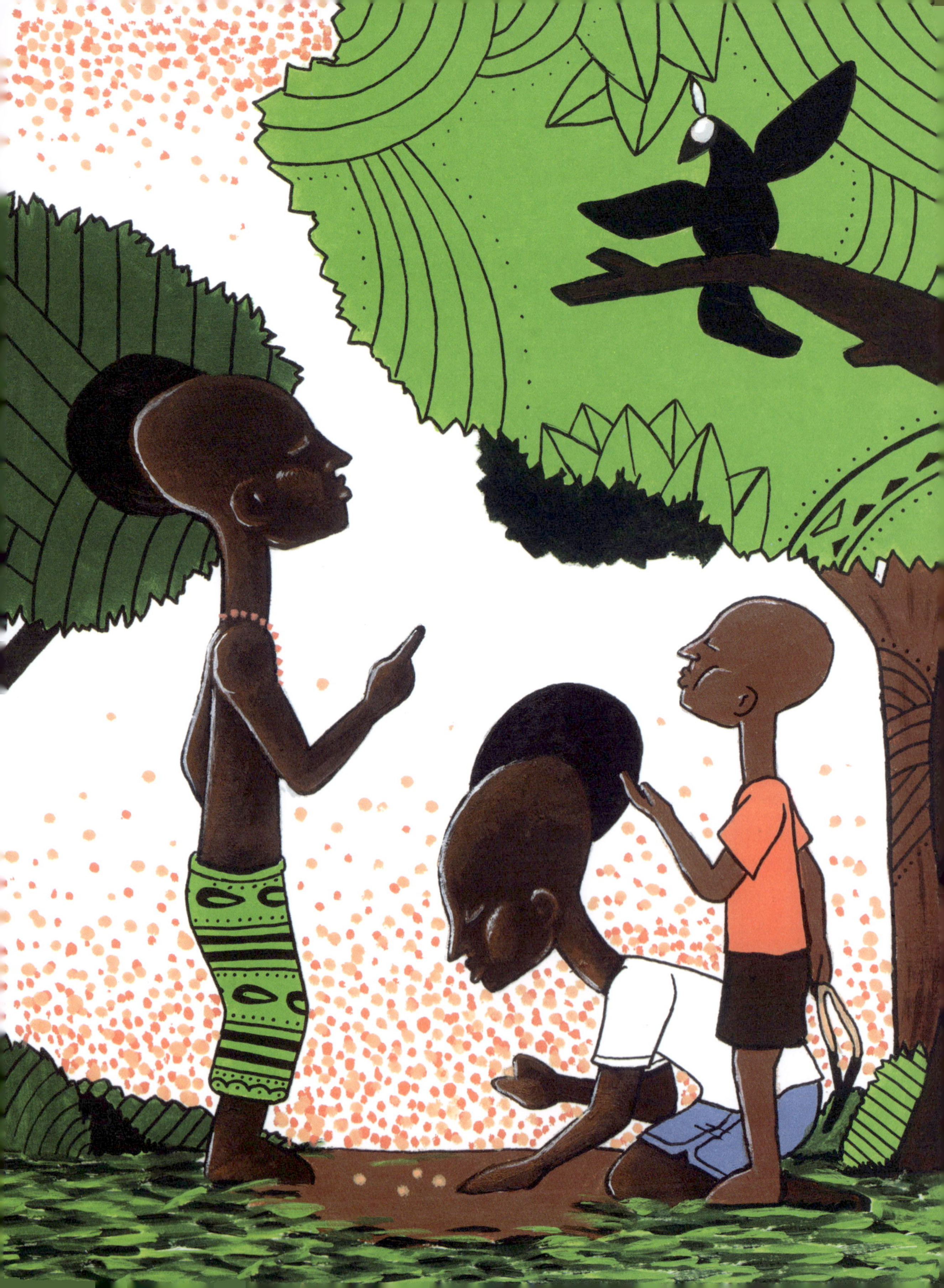

NUM DOMINGO DE MANHÃ

Numa roça não muito distante da cidade grande viviam três meninos negros muito irrequietos e curiosos das coisas e dos causos da vida. Ninguém entendia porque ainda tão pequenos já tinham tanta ânsia de conhecer o mundo.

Era uma tarde de junho, os meninos ouviram um som diferente enquanto brincavam no arraial que haviam montado para as festas do mês. Um som agudo de cordas que pulsava sem intervalo.

Os três seguiram, quase hipnotizados, aquela musiquinha que insistia em tocar.

Adentraram a mata e viram, debaixo de uma árvore muito grande, um passarinho que cantava, cantava. Enchia o pulmão de ar e cantarolava sua voz ao vento.

Doum, o menor dos irmãos, tirou logo o estilingue do bolso e mirou no bichinho. Antes que pudesse soltar o dedo, tomou uma pedrinha miudinha no meio da testa.

Outro menino negro apareceu rindo por detrás da árvore e logo falou:

– Olha aqui, seu moleque, se matar meu passarinho eu te pego.

Doum, assustado, se escondeu entre seus irmãos e começou a soluçar. O menino de chapéu vermelho continuou escondido atrás da árvore, e ainda em tom de zombaria cantou:

O MENINO CHOROU,
NHEM, NHEM, NHEM...
MENINO CHORÃO,
NHEM NHEM NHEM...
CADÊ SUA MÃE?
ELA FOI PRA CABULA,
FOI BUSCAR JACA DURA...
MENINO CHORÃO,
NHEM NHEM NHEM...

Ainda rindo, o menino de chapéu vermelho tirou do bolso um cachimbo e começou a pitar. Da fumaça do cachimbo saíam desenhos de bichos, de nuvens com boca, um sol gigante que piscava o olho.

— Nossa... — disse Cosme, um dos irmãos. — Ele tem um cachimbo mágico. É igualzinho ao do vovô, mas é mágico.

— É, mas criança não pode fumar, não! — replicou Damião, o outro irmão.

— Eu posso! — afirmou, com ar de superioridade, o menino negro de cachimbo. Dando um pulo certeiro, saltou pra cima dos irmãos, que espantados viram os rodopios valentes do menino, que, acreditem, tinha só uma perninha.

Ele saltava pra lá e pra cá, parecia que o corpo era feito de mola, mexia-se igual a cobra que corre pelo chão. Equilibrou-se em uma das mãos e deu com a perna esticada no ar, mantendo a postura ereta.

Doum enxugou as lágrimas e chegou mais perto. Cosme e Damião exclamaram ao mesmo tempo:

— Nossa, como você consegue dar tantos pulos?!

— Isso é capoeira, meus camaradinhas... Nunca viram? — e riu-se, contente de si, o moleque danado.

— Vovô já falou disso pra gente uma vez, mas eu não entendi direito — disse Cosme. — "Olha pega esse nego derruba no chão, esse nego é danado, danado meu irmão" — cantou o menino Pererê.

— Como que vochê meixe assim seu coipo? — e, falando, girou a cintura prum lado e pro outro, balançou o pescocinho, chacoalhando seu patuá.

— Foi uma cobrinha que me ensinou. A cobrinha que tem molejo — respondeu o menino de cachimbo.

— Você não tem medo de cobra? — perguntou Damião.

VINHA ANDANDO NO CAMINHO,
QUANDO A COBRA ME MORDEU.
CHAMEI SÃO BENTO GRANDE,

SÃO PEQUENO APARECEU.
MEU VENENO ERA MAIS FORTE,
FOI A COBRA QUEM MORREU.
OLHA A COBRA LHE MORDE,
SENHOR SÃO BENTO,
ELA É VENENOSA,
OLHA O BOTE DA COBRA,
SENHOR SÃO BENTO.

O moleque cantava requebrando o corpo todo, parodiando o desajeitado Doum.

Do outro lado do arraial, os três irmãos ouviram a voz do velho Joaquim a lhes chamar.

– É o vovô! – repetiram.

O passarinho que estava na árvore voltou a cantar, e o menino negro de cachimbo estendeu um dos braços e chamou:

– Iúna, vem com o seu Pererê. Vejo vocês por aí... Tchau.

E num salto muito potente sumiu no meio do mato, com a ave apoiada em seu braço.

Os meninos voltaram pra casa correndo, aos tropeços, loucos para contar ao avô o que tinha acontecido.

Ouvindo os três falarem ao mesmo tempo, o velho tentava unir os pontos: cachoeira, perereca, Iúna.... Coçou a barbicha branca, sentou num tronco de árvore, e com a sua caneca de alumínio sorveu o café quente que tinha acabado de passar.

A casinha onde moravam era muito simples, quase de palha. O povo da região chamava mesmo o local de Cidade de Palha. À noite, olhavam ao longe a luz intensa que vinha da cidade. Na Cidade de Palha a luz ainda era de candeeiro.

O avô explicou então que na sua juventude tinha aprendido com outro homem o tal jogo da capoeira. Lembrou-se de grandes nomes e causos heroicos de que tinha ouvido falar. Um grande guerreiro negro chamado Zumbi, que preferiu morrer a ser escravo, preso, sem liberdade, e também um tal de Besouro, que ficava invisível diante de seus inimigos, e que foi morto por uma faca de tucum muito afiada. Falou das cantigas e das mandingas.

Os olhos pretinhos de jabuticaba estavam fixos no homem que descrevia tão bem as aventuras do passado. Vovô Joaquim, aliás, era bem conhecido pelo bom papo. Às vezes um punhado de gente formava banca na frente da casinha de palha só para escutá-lo falar das coisas. Vovô era homem sabido.

A imaginação dos meninos corria solta. Vislumbravam em sua frente paisagens, guerreiros... Desenhos coloridos se formavam, como rabiscos no céu, mostrando todas as imagens e figuras heroicas que eles pensavam existir – pareciam as imagens de fumaça que tinham saído lá do cachimbo mágico do Pererê.

– Mas agora vão se banhar – disse o velho.

– Mas, mas... – falou Doum.

– Não, mocinho, a fruta só dá no Tempo. Por hoje vocês já ouviram demais.

E finalizou dizendo:

– Roupa de homem não serve em menino.

Durante a noite, Cosme, Damião e Doum tiveram um sonho muito parecido. Nele, caminhavam brincando na mata, em direção ao lago onde se banhavam de vez em quando. No meio do caminho o pássaro, aquele do Pererê ou Perereca (não lembravam ao certo o nome), ia guiando o caminho, cantando.

De repente a voz de uma moça cresceu pela floresta adentro. Junto com o barulho das águas nas pedras, a voz ecoava. Chegando na margem do rio, os irmãos viram uma índia com rabo de peixe. Ela cantava e sorria.

– Quem é vochê? – foi logo perguntando Doum.

– Eu sou Potyra, filha de Tupinambá. Vocês vieram aqui pra saber da capoeira, não foi?

Os meninos balançaram a cabeça afirmativamente.

– Então vou lhes falar que num Tempo muito distante, quando índios e negros viviam escravizados e eram obrigados a deixar a mata bem rala pro cultivo da terra, o índio chamou esse terreiro de capoeira, que significa, na nossa língua, espaço de mata rala. Os amigos africanos, que vieram depois, usavam esse espaço para a prática daquela que seria a luta da liberdade, do corpo, da alma do povo negro.

– O que é liberdade? – perguntou Doum.

– Liberdade é esse sentimento que apertou meu peito quando eu vi o Perereca pulando de capoeira? – perguntou Cosme.

– Não, já sei! É quando a gente só faz o que a gente quer, não é? – concluiu Damião, com ar de espertalhão.

– Pererê é o nome dele, não Perereca – corrigiu Potyra. – E se não quiserem confusão nem com ele, nem comigo, parem de atirar pedras nos passarinhos com estilingue.

Depois de uma pausa, perguntou:

– Vocês já viram um berimbau?

– Não. O que é isso?

– Ah... O berimbau é a caneta do negro. Ele carrega o toque primitivo dos ancestrais, dos mais velhos, daqueles que já se foram pra Aruanda, a morada dos velhos guerreiros. É o berimbau que alegra a alma e traz as promessas de esperança da liberdade.

– Onde a gente pode ver um? – perguntou Cosme.

– Amanhã lhes será mostrado o caminho. Enviarei um guia muito esperto, um guia sem pernas. Uma vantagem para não tomar rasteira. Agora tenho que voltar pra Jurema, onde mora o meu povo.

E mergulhando nas águas claras do riacho desapareceu, balançando sua cauda de peixe, que refletiu a luz dourada do Sol.

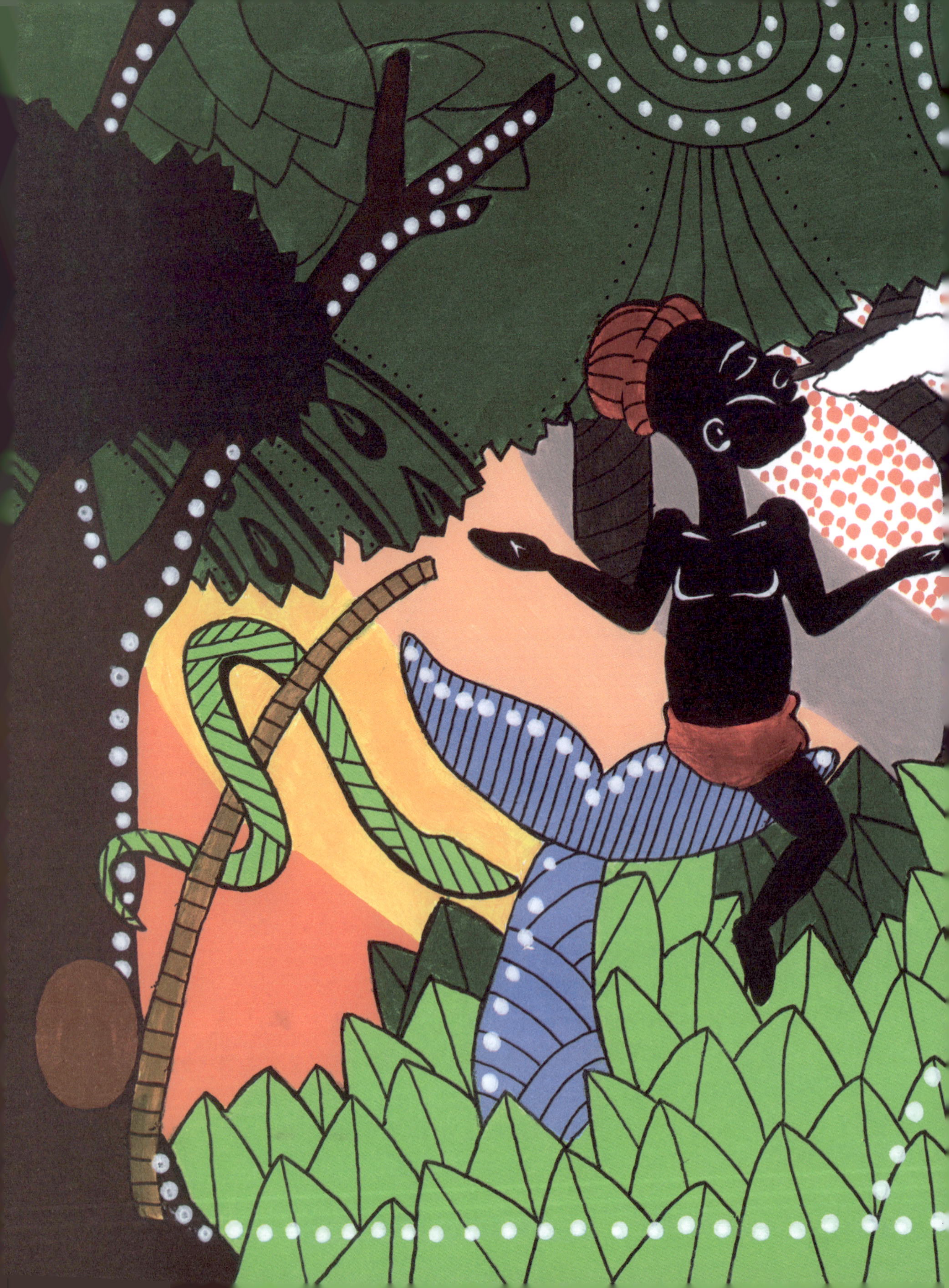

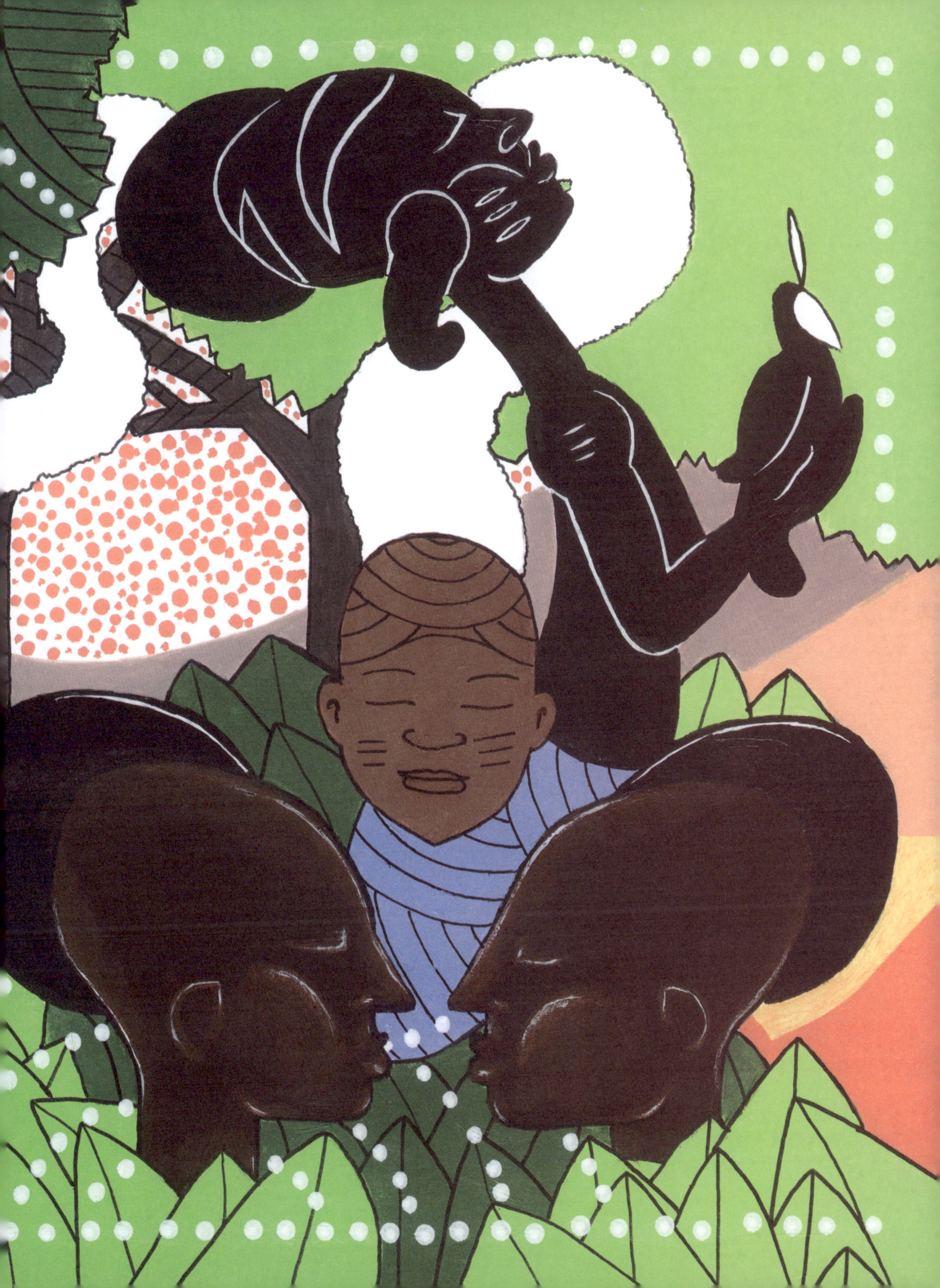

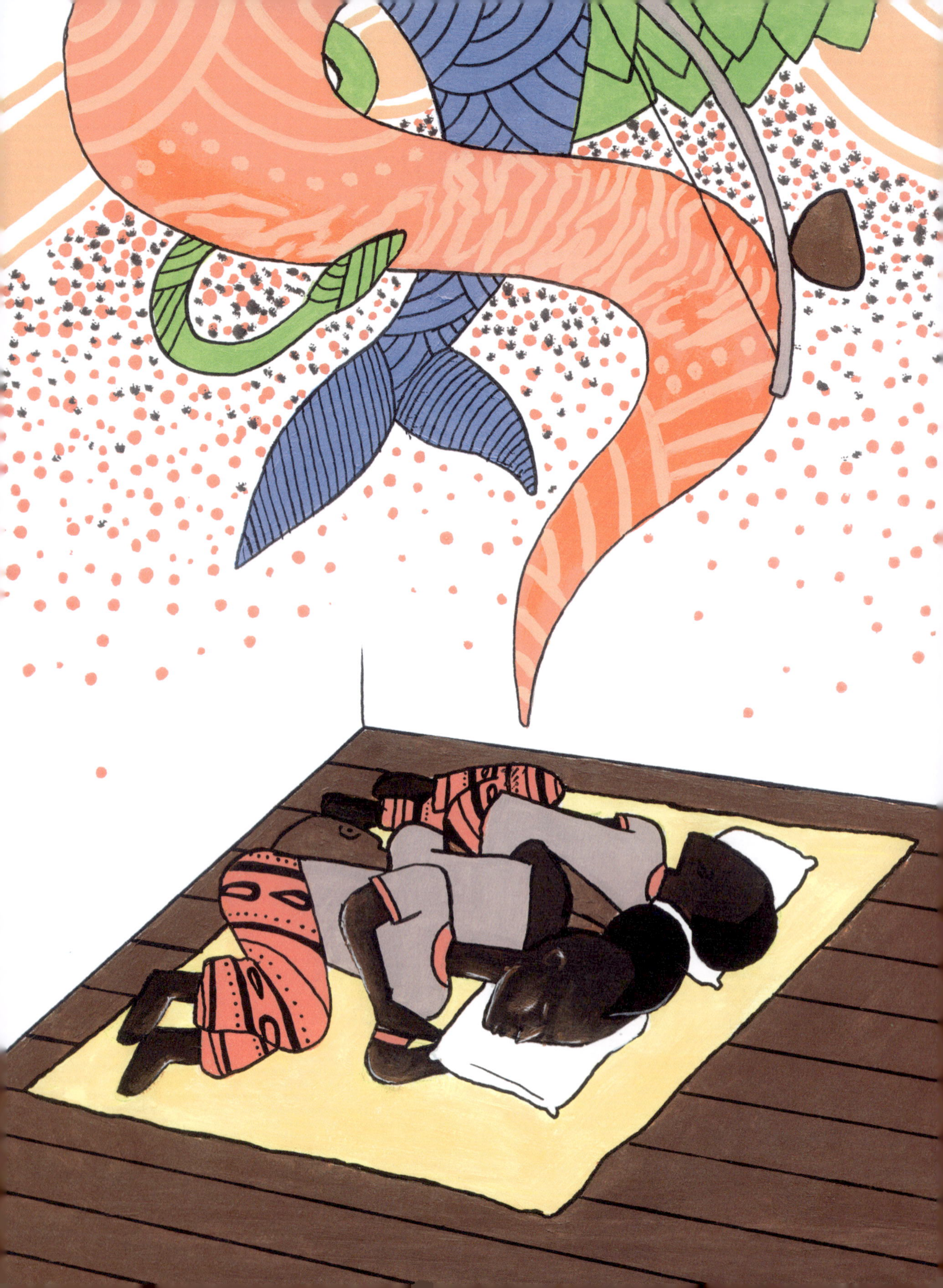

O DIA DO DIA DEPOIS DO DIA QUE ENCONTRARAM O PERERÊ

– Eu tive um sonho muito estranho – relatou logo Cosme ao velho Joaquim.

– Eu também – completou Damião. – Uma mulher com rabo de peixe me disse que era pra eu seguir um guia sem pernas. A gente conheceu um menino de uma perna só, mas sem perna nenhuma eu não vi ninguém não...

– Em buraco de cobra não pode botar a mão! – falou logo Vovô Joaquim.

– É, mas ela me disse que esse guia ia me dar um berimbalde – disse Doum.

– Berimbau – respondeu o velho Joaquim.

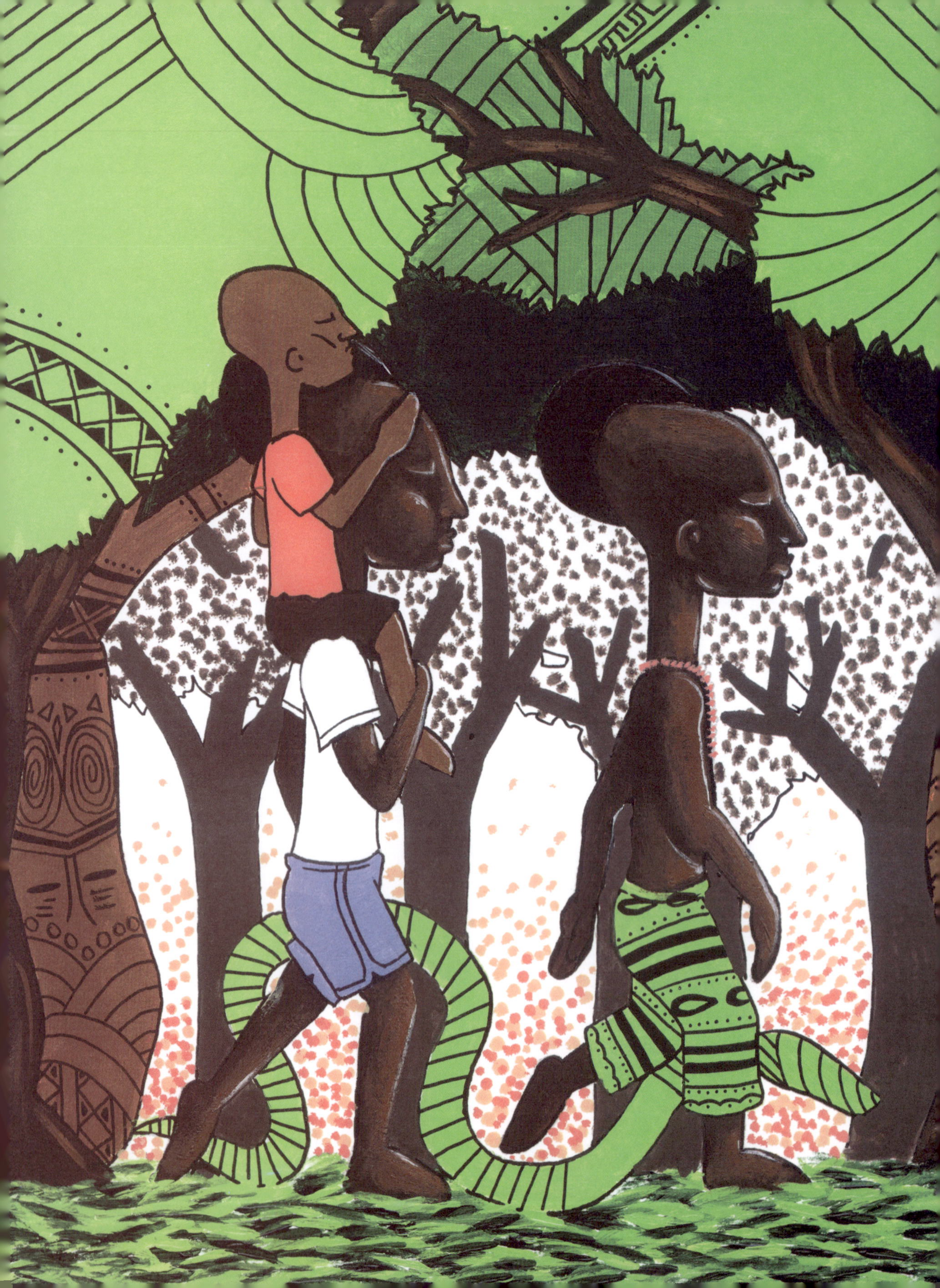

VOLTANDO DO CARURU

SÃO COSME MANDOU FAZER DUAS CAMISINHAS AZUIS, NO DIA DA FESTA DELE.
SÃO COSME QUER CARURU...

Passaram-se alguns dias sem que os meninos voltassem a falar da tal capoeira quando, retornando animados de um caruru fora do Tempo, eis que um arbusto começa a tremer, e de repente, rastejando pelo chão, aparece uma cobrinha verde... Chorando.
— O que aconteceu? — perguntaram os meninos.
— Eu caí do Iroko — respondeu ela, toda manhosa.
— O que é Iloko? — perguntou Doum.
— Iroko? Vocês não sabem? É a maior árvore da floresta. Uma árvore sagrada que protege todos os animais e as crianças perdidas... Ela mora no Tempo. Não tem casa.
— E você mora na árvore? — perguntou Cosme.
— Moro. Mas eu caí! A terra começou a tremer. A Terra estava chorando. A Terra está muito brava. Eu fiquei ouvindo o lamento da Terra, me distraí e caí.
— Você não prefere ficar aqui na terra com a gente? — indagaram os meninos.

POR FAVOR PINGO DE OURO,
POR FAVOR NÃO ME BOTE NO CHÃO.
POR FAVOR NÃO ME BOTE NO CHÃO,
POR FAVOR NÃO ME BOTE NO CHÃO.

A cobrinha cantava toda amuada.
— Vocês não ouviram os soluços da terra? Venham ver, camaradinhas... Venham ver...
Saiu rastejando, muito ágil, serelepe. Tinha pressa.
Os meninos iam seguindo aos tropeços, Doum sendo puxado pelo

braço. Ainda assim, nada impedia que o pequeno continuasse a fazer pergunta atrás de pergunta. De repente, a cobrinha parou.

– Ai... Que cheiro de leite! Bem que eu queria uma gotinha – exclamou, cheia de dengo.

– Leite?! – repetiram os meninos. – E desde quando cobra toma leite?

– Eu tomo. Sou um bebê ainda.

– Eu sou glande. Mas ainda tomo leite. Quer a minha mamadela? – perguntou Doum, que tirou do seu saquinho uma mamadeira muito pequenina. O leite ainda estava morno. A cobrinha abriu um bocão que deixou todos espantados. Tomou o leite e ainda engoliu a mamadeira. Vendo a cena, Doum desatou a chorar.

– Você engoliu minha mamadela... Agora vovô vai ficar blavo comigo. Era só emplestada, você não sabia?

– Me desculpe. É que a fome era tão grande... Não resisti.

– Bom, com fome não se brinca. A gente já passou fome. Tudo bem, desculpamos você. – disse Cosme.

– Então, mas se a gente não ajudar a Terra, muita gente vai sentir a barriga apertar, apertar. Temos que ser valentes neste momento – falou a cobrinha toda confiante, estufando o peito, que tinha o formato da mamadeira ainda em processo de digestão.

– Ah, então vamos todos procurar o Pererê! Ele pode nos ensinar a capoeira. Seremos grandes heróis, como aqueles guerreiros que vovô falou – disse Damião. E, completando, deu um salto e se esborrachou. Levantou rápido, deu um giro na perna, se equilibrou na cabeça e sorriu contente para seus irmãos. A cobrinha encolheu o corpo, deu um bote e foi de cabeça na barriga de Damião: PUMMM.

– Isso é uma cabeçada. Aprenda logo.

Foi tempo suficiente para ela soltar um grande arroto:

– GROOOOOOHHHH.

Os meninos caíram na risada. Decididos, continuaram pela mata em busca do Pererê, mas não encontraram ninguém. A cobrinha então os levou pro meio da mata, num local secreto, onde um barulho muito feio começou a crescer. Numa clareira, os meninos viram muitas árvores no chão. Passarinhos e pequenos animais choravam perto delas. Alguns choravam por terem perdido suas casas, filhotes, e por solidariedade à Grande Mãe Terra, que, sofrendo, soltava uns gemidos de tristeza que faziam o chão tremer todo.

Sem entender direito o que ocorria, fios de lágrimas brotaram dos pequenos guerreiros. Um aperto esmagou seus corações. Um tipo de raiva, quase uma malcriação, despertou em todos eles.

– Precisamos de ajuda. Precisamos contar tudo pro vovô – repetiram Cosme e Damião.

– Obrigada por me ajudar, amiguinhos. Agora preciso encontrar minha mãe. Ela saiu e não voltou. Caí da árvore e estava com muita fome. Doum, seu leitinho me salvou.

Dizendo isso, a cobrinha se enrolou no braço miúdo de Doum e, juntos, caminharam em direção ao vilarejo, enquanto ela cantava:

DOUM É UM AMIGO LEAL,
SEM DOUM EU NÃO POSSO FICAR.
VADEIA COSME, NÃO ME LEVA NO CHÃO,
VADEIA COSME, CADÊ DAMIÃO.
VADEIA COSME, NÃO ME LEVA NO CHÃO,
VADEIA COSME, CADÊ DAMIÃO...

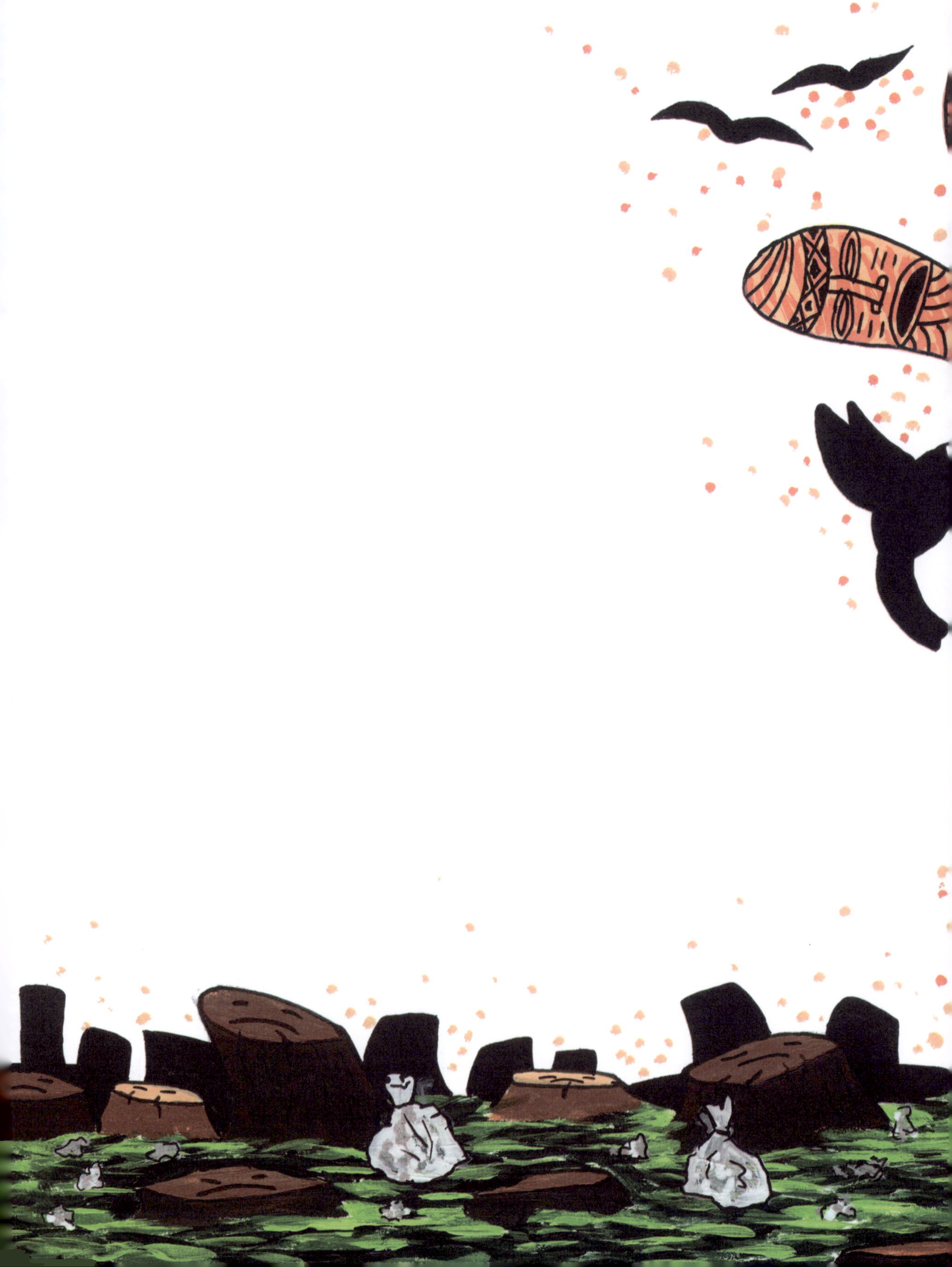

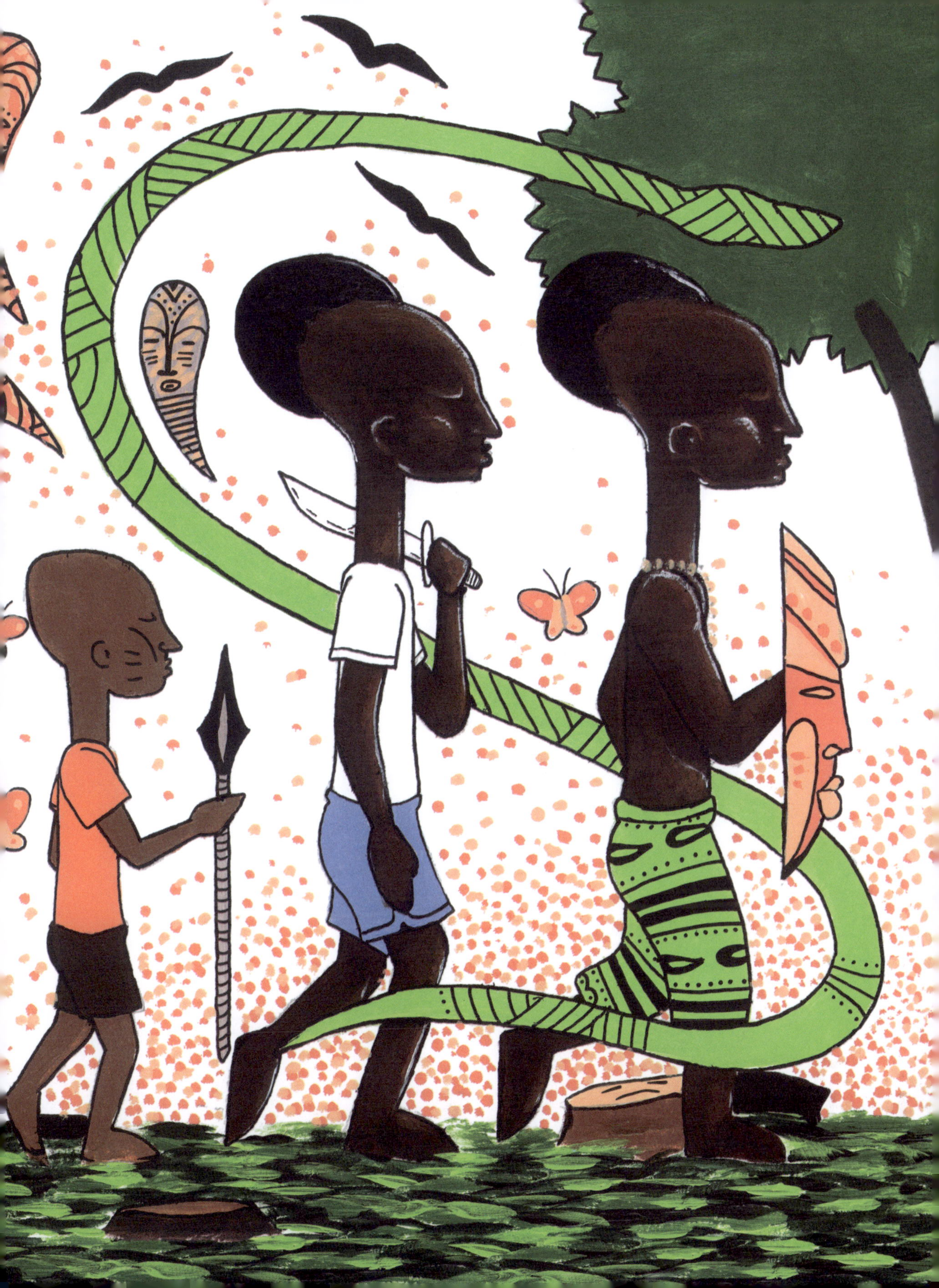

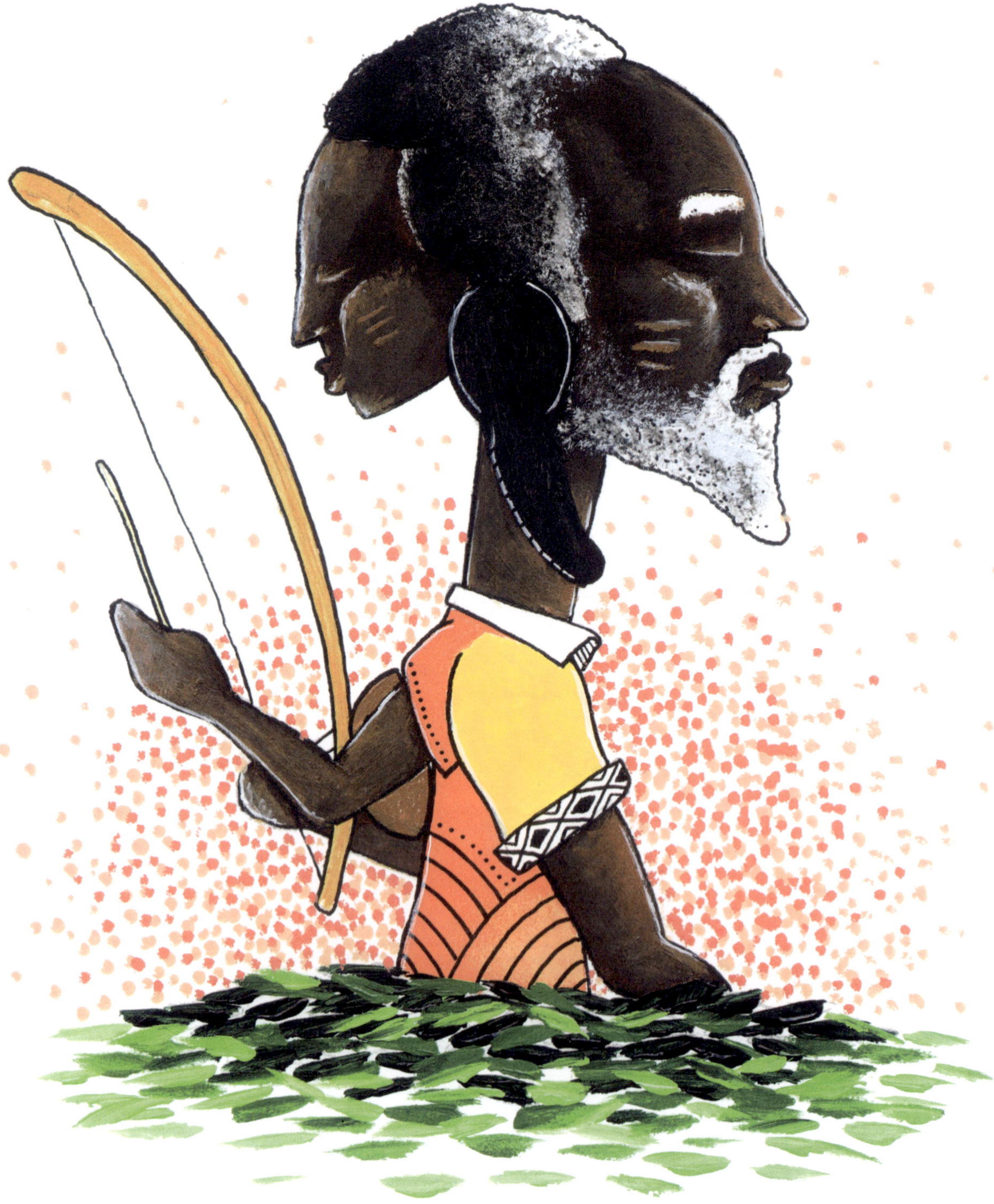

VOVÔ JOAQUIM

ERA UM VELHO MUITO VELHO,
QUE MORAVA NUMA CASA DE PALHA.
NA BEIRA DA CASA ELE TINHA
VELÔMÊ MIGUÊ SANGUÊ,
MIGUÊ SANGUÊ VELÔMÊ,
DO SEU ALANGUÊ.

Desde os últimos acontecimentos, Vovô Joaquim sentia-se incomodado. Essa história toda de capoeira o fazia lembrar de pessoas queridas que já estavam morando na Aruanda. Uma saudade bateu em seu peito. Uma saudade que os antigos chamavam de "banzo".

Lembrou-se do esforço de seus pais para vencer a pobreza, a fome, o racismo.

Ainda moleque, teve a mesma curiosidade de Cosme, Damião e Doum. A tal da capoeira. Lembrava-se direitinho. Tinha uns oito anos e acompanhava seus pais, que iam ao arraial mais próximo para vender o aipim que plantavam em sua pequena roça.

Chegando ao vilarejo, foram à feira popular que acontecia aos domingos. Lá chegando, Pai Joaquim, na época chamado pelos pais de Jojô, viu um homem vendendo coco seco e coco verde, bem do lado de uma banca de cocada branca, branquinha feito nuvem de algodão.

Pra chamar a atenção da clientela, esse homem tocava o tal do berimbau e cantava:

DONA MARIA, QUE VENDE AÍ?
É COCO, PIPOCA, QUE É DO BRASIL...

Quando deu por si, Jojô estava ali, colado naquele homem de pele queimada, com gotas de suor pelo rosto marcado de sol. Forte, robusto, chapéu de banda, chinela no pé. Parando de tocar e colocando o berimbau de lado, perguntou:

– Quer cocada, menino?

Jojô despertou do som hipnotizante do instrumento.

– O sinhô troca por aipim? – perguntou.

Soltando uma gargalhada bem alta, o homem respondeu que trocava sim. Seu dente de ouro brilhou no céu, igual ao rabo da sereia Potyra. Jojô saiu correndo e foi pedir aos pais um aipim pra trocar. Como era menino de não fazer muitos pedidos aos pais, recebeu de pronto a autorização para o escambo.

– Moço... E pra me ensinar a tocar isso aí? O que o sinhô quer em troca? Posso varrer seu quintal, posso buscar água no poço, posso dar banho no seu cachorro, se o sinhô tiver um, né...

– Tu me ajuda a vender cocada? – disse o homem.

– Ajudo sim! Agora o sinhô me ensina?

– Num precisa me chamar de sinhô. Meu nome é Zé do Coco.

– O meu é Joaquim, mas pode me chamar de Jojô.

– Tu sabe que esse instrumento é usado na capoeira?

– Sei não sinhô. Bora me ensinar?

– Num é difícil. O corpo vai sozinho, conhecedor do caminho. Ele tem vida própria. A capoeira tem vida própria. O resto é mistério.

– Sei não se entendi.

– A fruta dá no Tempo. Tu vai entendê quando chegar a hora.

Cada palavra, cada olhar, e todos os ensinamentos, Vovô Joaquim não esqueceu. Guardou cada aprendizado como água fresca e pura da fonte em tempo de barro seco. Cada encontro com seu mestre Zé do Coco era uma esperança de que poderia mudar alguma coisa na vida. Um sentimento novo, diferente, cresceu em seu peito.

Com o tempo, seu corpo ficou alerta. Lembrava da voz do seu mestre: "Solta o corpo, menino. Deixa ele falar".

E assim os anos se seguiram. Seu Zé do Coco ficando velhinho e Joaquim deixando de ser Jojô.

Ô, MENINO, SEU NOME É TALANDÊ.
Ô, MENINO TALANDÊ, CADÊ VOCÊ?
NA ARUANDA DO VOVÔ
VOCÊ BRINCOU COM O ERÊ.
Ô, MENINO, ACENDE O LUME NA ALDEIA,
Ô, MENINO, ACENDE A CERA DA CANDEIA.
NA ARUANDA DO VOVÔ
OUVI O CANTO DA SEREIA.
QUE BELEZA, LUA NOVA, LUA CHEIA,
QUE BELEZA, FILHO DE ZAMBI NÃO BAMBEIA,
QUE BELEZA, TAMBOR TÁ TOCANDO NA ALDEIA.
NA ARUANDA DO VOVÔ
A LUZ É CERA NA CANDEIA.
BALANÇA O ADJÁ BABÁ,
HOJE É FESTA NA ALDEIA.

Lembrando da velha canção que havia aprendido, Vovô Joaquim percebeu que era a sua hora de ser mestre, de ensinar a seus meninos a arte que lhe alimentou a alma, que foi sua companheira quando só lhe restavam a fome e a solidão. Capoeira não abandona ninguém. É a sua comida, seu espírito, sua proteção. "A capoeira é tudo o que a boca come."*

* Frase de Vicente Ferreira Pastinha (Mestre Pastinha).

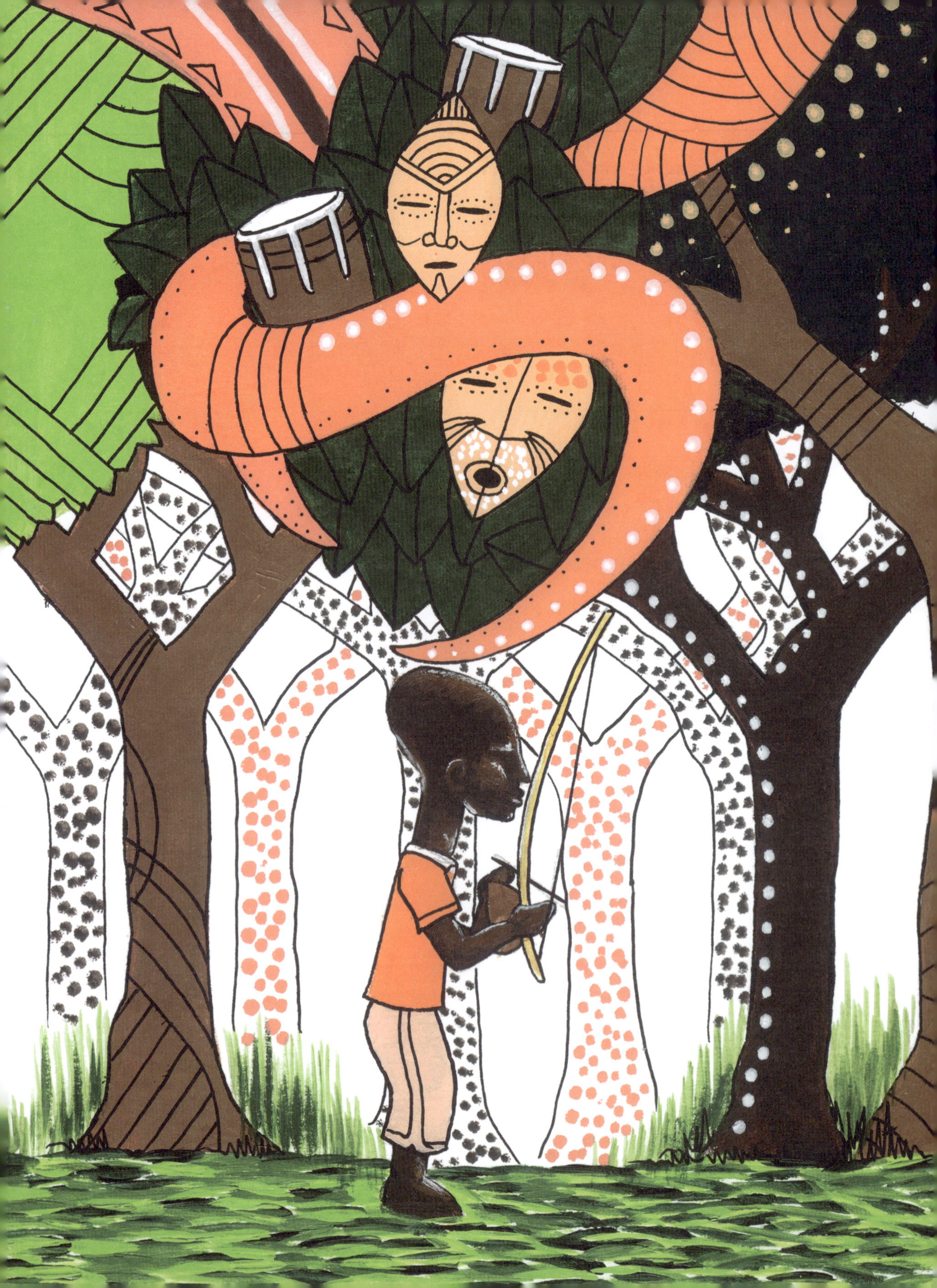

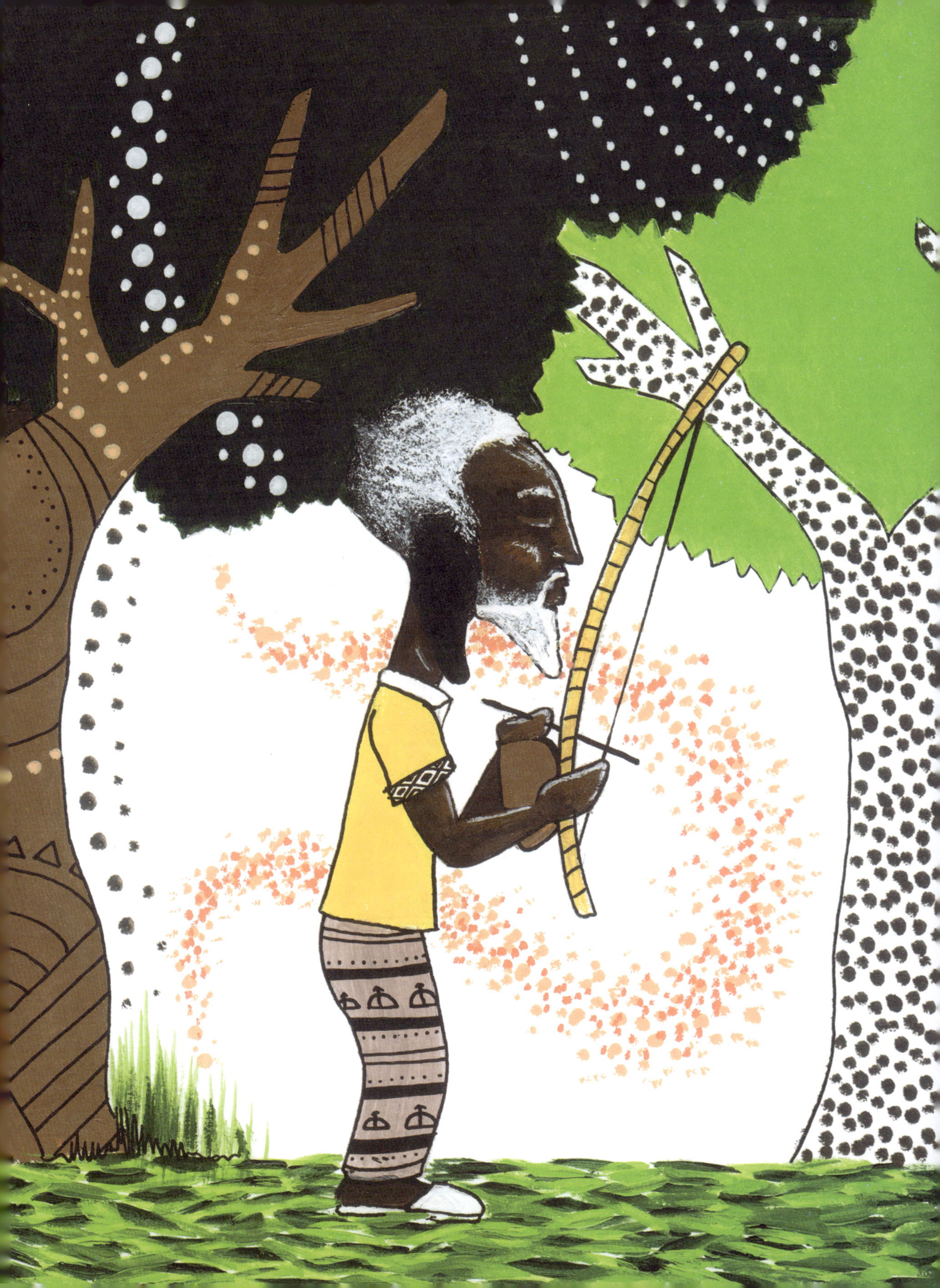

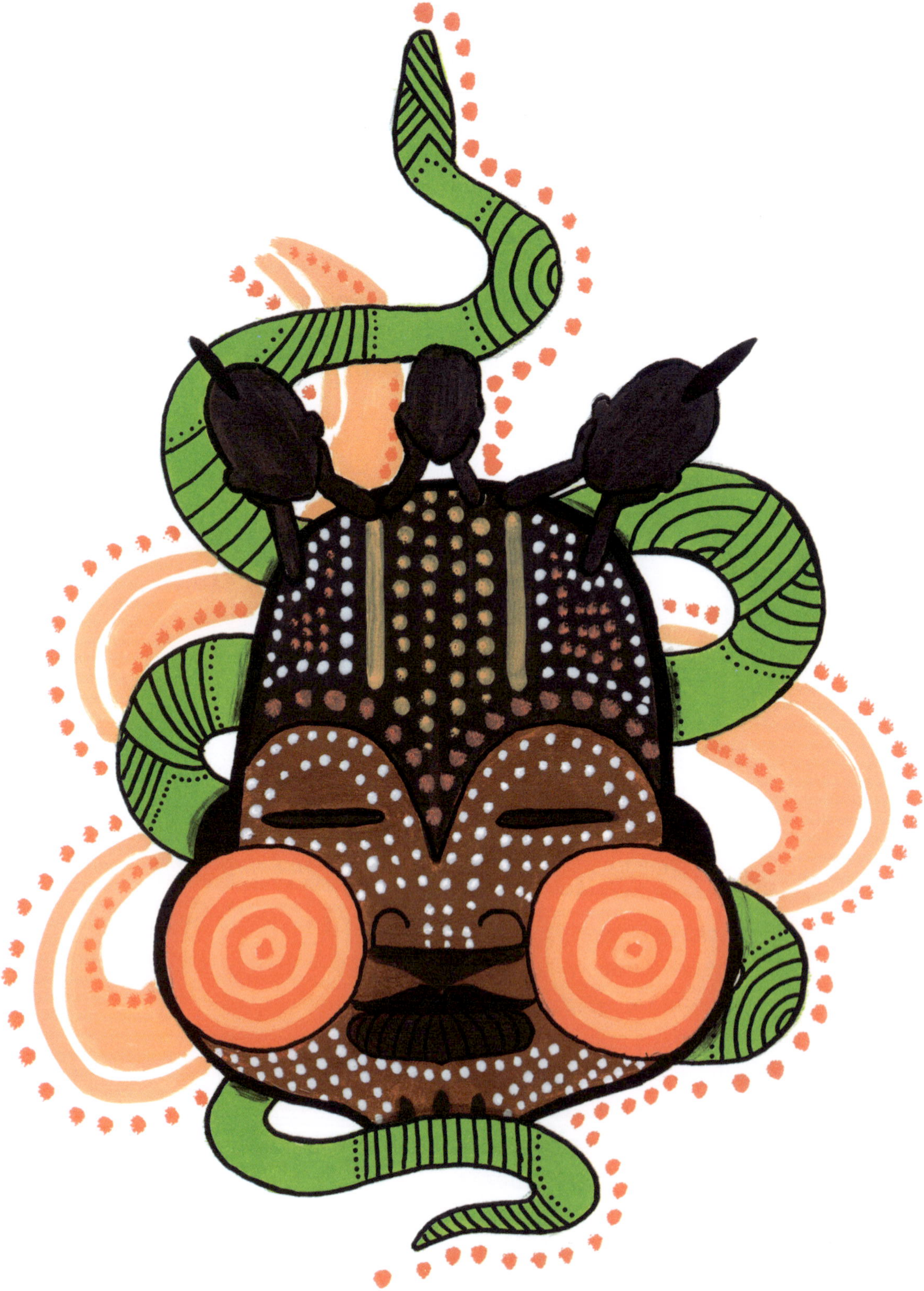

O INÍCIO DA PELEJA

Chegando na casinha de palha, os meninos foram logo contando ao velho Joaquim tudo o que tinham visto. Falaram tão rápido que se esqueceram da cobrinha no braço de Doum, até que ela soltou um soluço.

– Acho que engoli a mamadeira muito rápido... Minha barriga está doendo.

Vovô Joaquim olhou bem de perto. Ela deu um sorriso amarelo, e mais um soluço. Ainda atordoado, Joaquim foi até o fogão de lenha e colocou um pouco de chá de erva-cidreira na mamadeira reserva de Doum. A cobrinha se desenrolou do braço de Doum e foi pro colo do velho. Bebeu o chazinho bem calma, acompanhada de perto pelos olhos atentos de Doum, que temia perder a sua mamadeira. Com evidente satisfação, foi se aninhando e se pôs a dormir.

Os meninos então continuaram a contar tudo que haviam visto, e queriam uma providência de imediato. Vovô Joaquim disse que precisariam da ajuda dos amigos da floresta. Contou que na mata havia um guerreiro muito forte que se confundia com a folhagem.

– Mais forte que o Pererê? – perguntaram os meninos.

– Muito mais forte. Ele tem um cavalo preto, tem um escudo e uma espada e um capacete luminoso na cabeça. Para chegar até ele precisa da ajuda dos caboclos das matas.

– A gente conheceu aquela moça que pode nos ajudar. Ela sempre fala com a gente nos sonhos – disse Cosme.

– Falem mais sobre essa moça, meninos.

Eles descreveram a cabocla Potyra. Não sabiam ainda se tudo aquilo era sonho ou se ela realmente existia. Era tudo muito novo para eles.

Depois de muito pensar, Vovô Joaquim disse em voz alta:

– É a cabocla Potyra, sim. Dizem até que das tranças do seu cabelo corre água e nasce flor. Bom, agora vamos todos dormir.

Na casa de palha, todos dormiam em esteiras também de palha. Bem juntinhos, assim o frio que entrava pelas arestas não incomodava tanto. Nessa noite, os pezinhos de Doum ficaram bem quentinhos, pois uma cobrinha se enrolou toda neles pra conseguir dormir.

Como se tivessem combinado encontro, sonharam novamente com a cabocla Potyra. No sonho eles estavam brincando no rio sob o olhar cuidadoso das lavadeiras da vila.

Enquanto elas lavavam a roupa, cantavam:

O SOL POR AÍ ASSIM,
PASSOU UMA MENINA ASSIM,
A TROUXA ERA DESSE TAMANHO,
TANTINHO DE SABÃO ASSIM.
LAVA, LAVA, LAVADEIRA,
QUANTO MAIS LAVA MAIS CHEIRA.
TORCE, TORCE, LAVADEIRA,
QUANTO MAIS TORCE MAIS CHEIRA.
PASSA, PASSA LAVADEIRA,
QUANTO MAIS PASSA MAIS CHEIRA.
GUARDA, GUARDA, LAVADEIRA,
QUANTO MAIS GUARDA MAIS CHEIRA.

A diversão corria tão solta que nem perceberam quando as lavadeiras foram embora. Viram-se ali sozinhos quando, da pedra lá do fundo do rio, ouviram o canto da sereia de água doce. Nem precisaram contar a ela tudo o que acontecia. Era sonho mesmo. Sonho é sempre uma maluquice. Ela já sabia de tudo e foi logo dizendo:

– Não se preocupem, a natureza é como a água, sempre encontra um caminho... Venham aqui amanhã cedo e deixarei dois guias para levarem vocês a um amigo que pode ajudar.

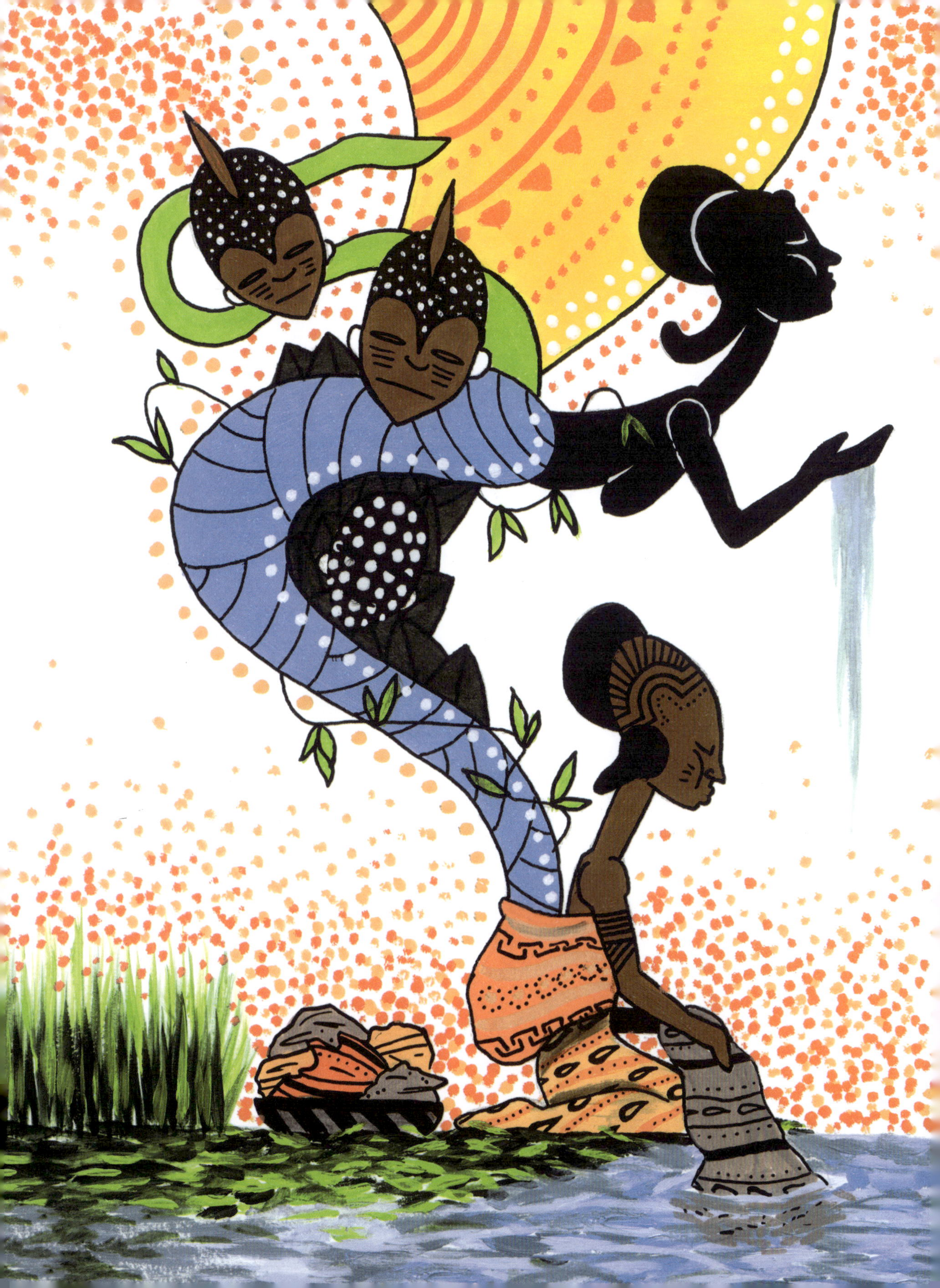

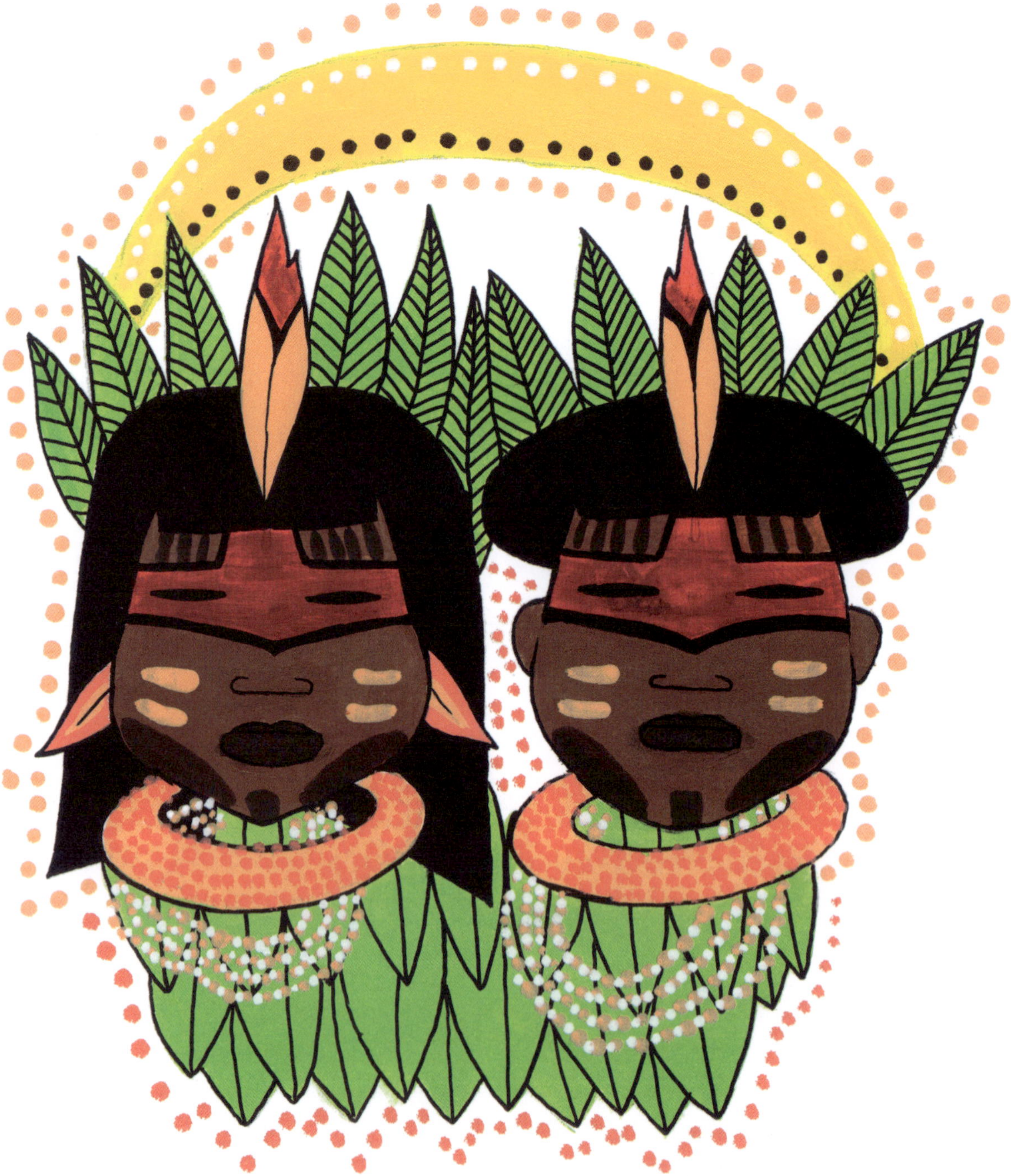

IRA E IRAÊ

Os meninos acordaram animados e foram logo correndo para a pequena cachoeira que imaginavam ser o ponto de encontro marcado pela cabocla Potyra.

Ainda recuperando o fôlego, deram de cara com dois pequenos indiozinhos. Exatamente do tamanho de Cosme e Damião e, apesar de serem um menino e uma menina, eram muito parecidos. A cobrinha, alegre, correu para os braços do pequeno de pele morena e cantou:

PEDRINHA MIUDINHA,
PEDRINHA DE ARUANDA EH,
LAJEDO TÃO GRANDE,
TÃO GRANDE DE ARUANDA EH.

Retribuindo a saudação, o curumim cantou:

EM BURACO DE COBRA NÃO PODE BOTAR A MÃO,
NÃO PODE BOTAR A MÃO,
NÃO PODE BOTAR A MÃO.

– Vocês se conhecem? – perguntou Cosme, enquanto a cobrinha balançava o pescoço afirmativamente, o que fazia, é claro, com que seu corpo se mexesse inteiro, num movimento muito engraçado.

Iraê, o menino, foi logo falando:
– Vocês acharam que eram os únicos gêmeos daqui?
Cosme e Damião ficaram parados como estátuas. Doum, mais atirado, perguntou logo:
– Vochêis são quem?
– Nós somos os seus guias. Eu sou Ira e esse é meu irmão Iraê. A irmã Potyra nos enviou para levá-los até o grande Guarini, para vocês, Ogum.

Cosme e Damião não estavam espantados em nada de saber que não eram os únicos gêmeos da região. Eles estavam abobalhados, isso sim, pois nunca tinham visto uma menininha tão bonita. Tão doce. Cada palavra que ela dizia era doce como o mel.

— Mas esse é meu nome mesmo. Ira quer dizer mel, e Iraê quer dizer favo de mel quando explode. Por isso que meu irmão tem fama de valentão.

— Você lê pensamentos? Você é feiticeira? — perguntou Damião.

Ira não respondeu. Abriu um sorriso que deixou os irmãos encantados. Enquanto isso, o pequeno Iraê continuava com ar desafiador a encarar os gêmeos.

— Quem é Guarini? — perguntou Doum, curioso.

— Guarini é um grande guerreiro, vou ser como ele quando crescer — disse Iraê.

— Ele joga capoeira? — perguntou Cosme já de calundu.

— Não vou responder. Pergunte quando ele chegar... — desdenhou Iraê.

E, parecendo adivinhar, o tal guerreiro, Guarini, ou Senhor Ogum, chegou rompendo o mato com a sua espada luminosa. Montava um cavalo negro muito bonito, todo paramentado em vermelho, azul-marinho e verde, exatamente como o vovô tinha dito.

Os índios pequeninos o saudaram:

— Ogunhê!

O cavaleiro acenou com a cabeça. Desceu do cavalo, enfiou sua espada na terra e ajoelhou-se aos pés dos garotos.

Doum, atirado, foi logo correndo sentar-se no joelho de Ogum Rompe-Mata, que, sem jeito para crianças, aceitou o pequeno perto de si sem muita escolha para recuar.

— Por que fui chamado? Eu estou aqui, o que que há?

Ira e Iraê conversaram numa língua que os meninos nunca tinham ouvido, e eles queriam saber o que estava sendo decidido. Ira, percebendo sua curiosidade, falou:

— Vamos ter uma batalha. Ariokô lidera o lado daqueles que querem ver a nossa Mãe Terra triste. Ele terá aliados. A Inveja, a Cobiça, a Raiva, a Vaidade e muitos outros irão acompanhá-lo – disse a menina, com ar grave para a sua pequenez.

– Quem é Ariokô? – perguntou Doum.

– Ariokô é um ser irracional. Age antes de pensar. E quando pensa, só pensa em si – respondeu Iraê. – Não gosto dele – concluiu, com ar contrariado.

Começaram então a bolar a estratégia e pensaram em todos os amigos que podiam participar. Doum logo se lembrou de Pererê. E os índios disseram que tinham também um amigo de uma perna só chamado Aroni. Um protetor das plantas da floresta. Para ter a sua presença, bastava cantar uma simples cantiga, mas só Potyra poderia fazê-lo.

Como eram pequeninos, montaram todos no cavalo de Ogum Rompe-Mata e seguiram para a cachoeira. Potyra já os esperava. Estava iluminada com uma aura dourada, soltando faíscas incandescentes que faziam um barulhinho quando caíam na água, um chiadinho.

Potyra conversou com Ira e Ogum. Olhou para a água como se fosse uma bola de cristal. E, olhando as profundezas, sua voz mágica ecoou pela floresta. Uma brisa perfumada com cheiro de lírio cobriu o ambiente. Os bichos se aproximaram. As árvores dançavam no vento calmo. Era um tipo de manifestação, de liberdade, como se corpos invisíveis se aproximassem e compartilhassem daquele sentimento de esperança.

Um som fino veio da mata, e de um salto Pererê apareceu com a Iúna no ombro e o berimbau na mão. O som não era do canto da Iúna, e sim do berimbau. Pererê explicou:

– Esse toque é chamado Iúna. Um toque sagrado, para momentos especiais, um toque em homenagem aos grandes guerreiros. Estou pedindo a presença deles em espírito para nos acompanharem.

Todos ficaram em silêncio e Pererê continuou o toque da Iúna.

Potyra pareceu pressentir a chegada de alguém. O perfume dos lírios ficou mais forte, e dos seus cabelos negros em trança começaram a brotar mais flores.

Para surpresa de todos, surgiu um homem pequeno, negro, também de uma perna só: Aroni. Ogum o saudou:

— Ewé ó! Kó sí ewé, kó sí Òrìsà. Salve, Aroni. Enquanto a floresta estiver em perigo, daremos uma trégua em nossa própria batalha. A Grande Mãe precisa de nós.

— Ogunhê, senhor dos caminhos e de todas as batalhas. Que assim seja. Eu, que trago a luz das estrelas e estou na alma de cada folha, terei grande honra em caminhar ao seu lado.

Com um aperto de mão selaram a paz, esquecendo-se de suas picuinhas ancestrais. Era hora de lutar.

Era uma noite sem lua, e do outro lado da mata Vovô Joaquim estava sozinho. Sabia que era o momento de pedir axé aos seus orixás. Tirou de trás de um velho armário seu berimbau. Foi ao quintal, pegou um fio de aço e amarrou a ponta na madeira chamada biriba. Com um pedaço de palha, o rami segurou a cabaça do gunga. Pegou um pedregulho e uma varinha de tucum. Colocando o instrumento junto ao seu corpo, cantou:

TAVA LÁ EM CASA OH YAYÁ, SEM PENSAR NEM IMAGINAR,
TAVA LÁ EM CASA OH YAYÁ, SEM PENSAR NEM IMAGINAR,
QUANDO OUVI BATER A PORTA,
QUANDO OUVI BATER A PORTA OH YAYÁ.
SALOMÃO MANDOU CHAMAR,
ERA HORA DE LUTAR,
PARA AJUDAR A VENCER,
PARA AJUDAR A VENCER OH YAYÁ,
A BATALHA LIDERAR.
E EU QUE NUNCA FUI DE LUTA,
NEM PRETENDIA LUTAR, AMIGO VELHO,
PEGUEI A FACA NA MÃO,
ERA HORA DE LUTAR.
ERA HORA DE JOGAR.

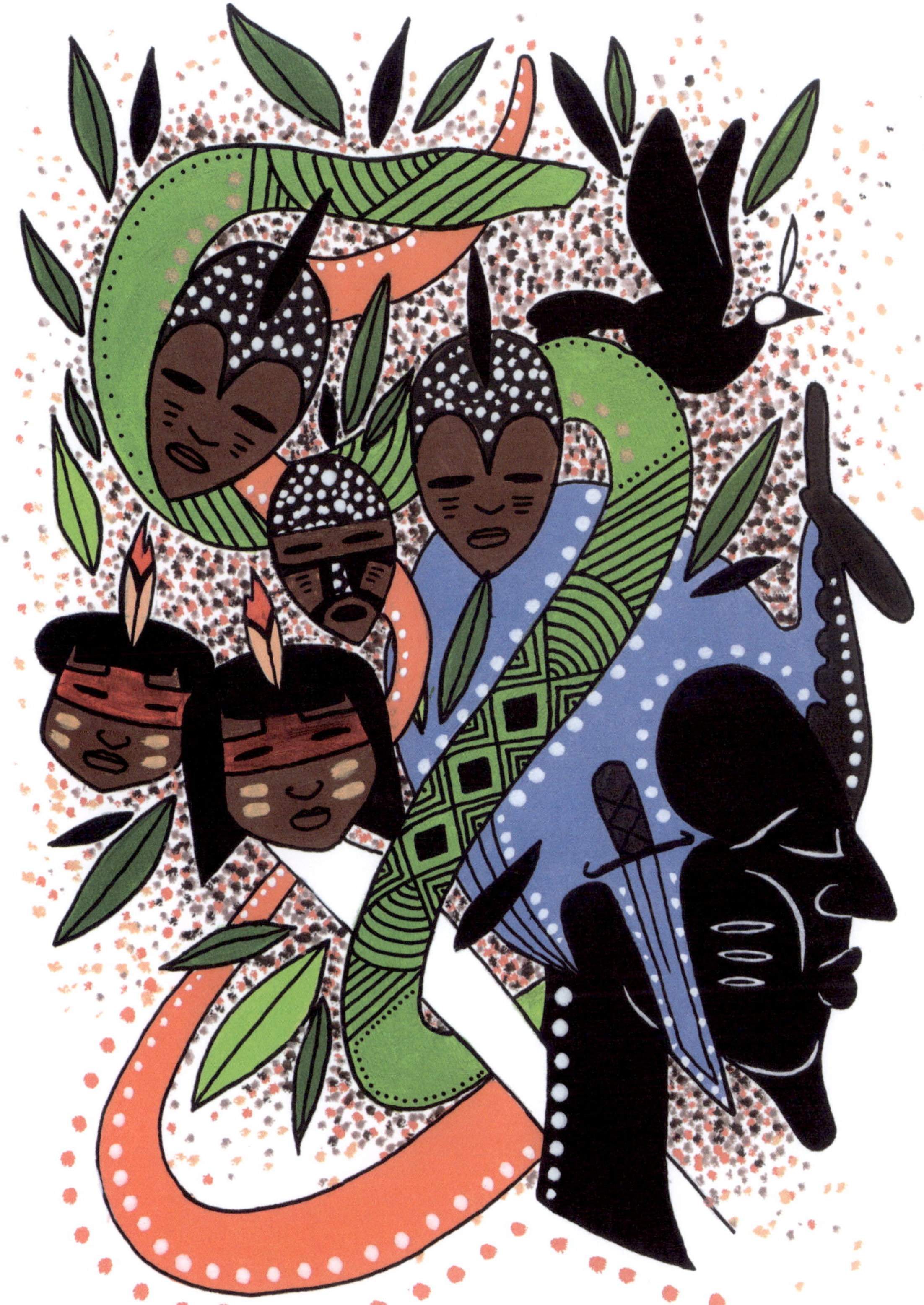

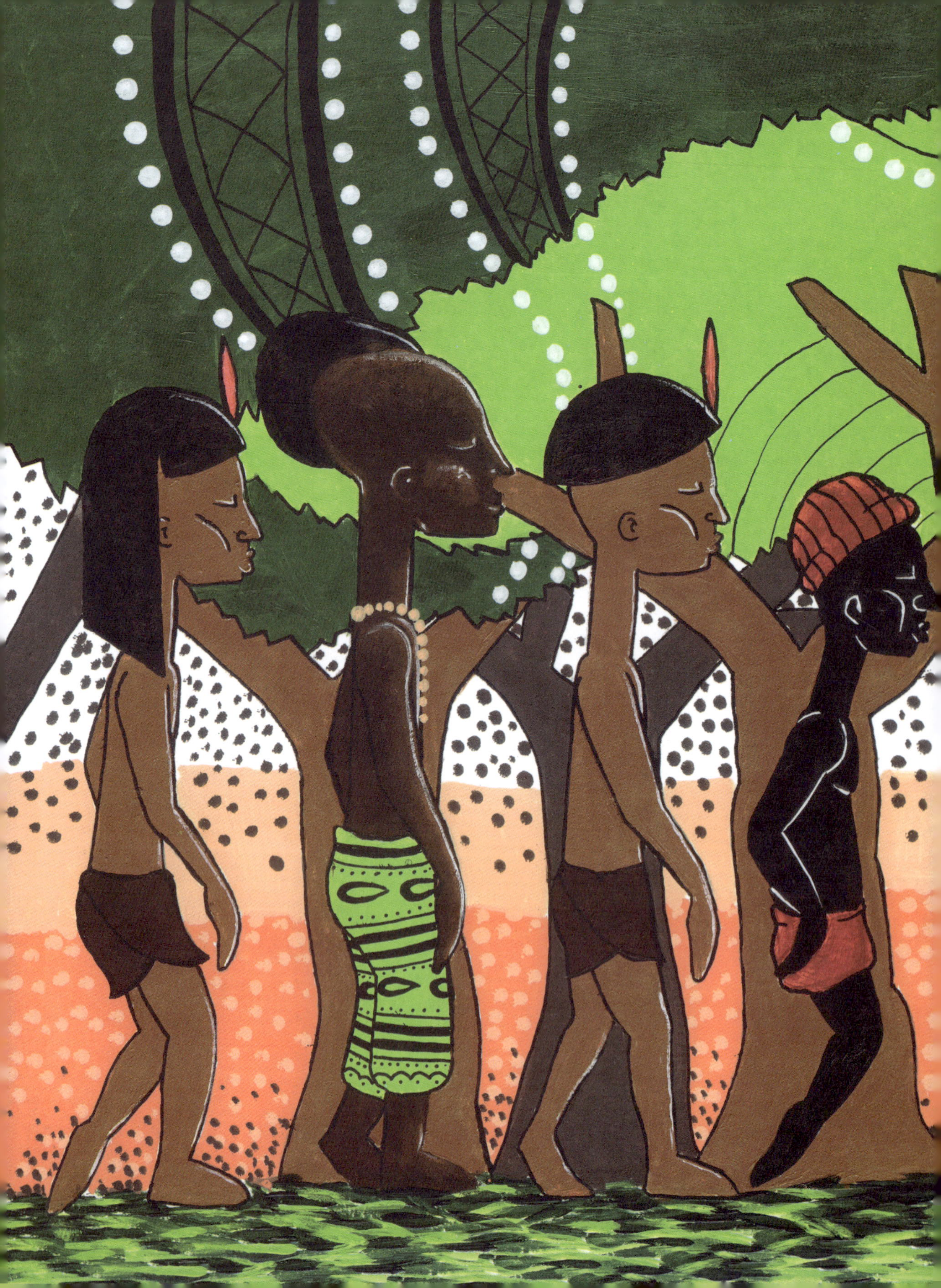

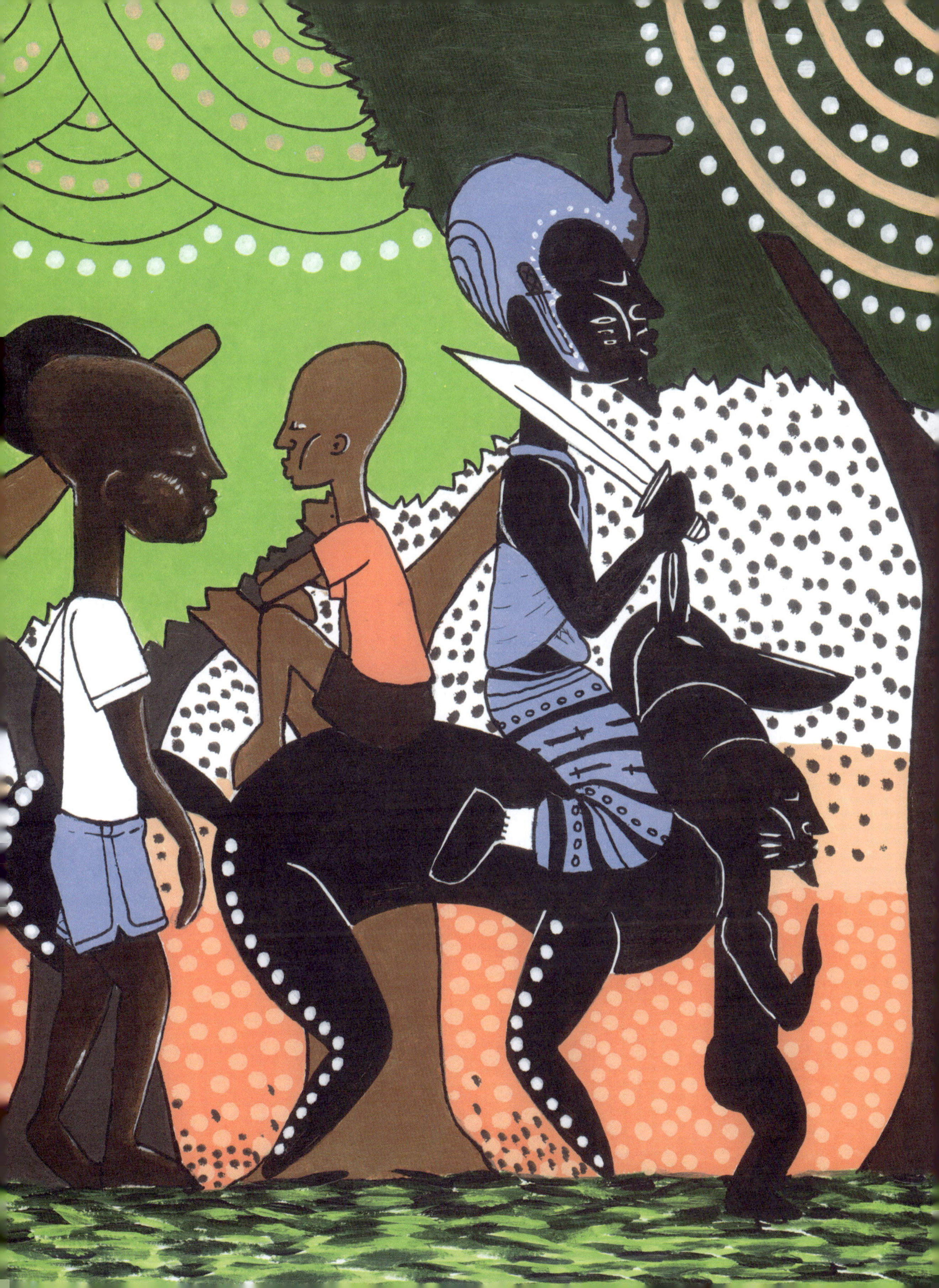

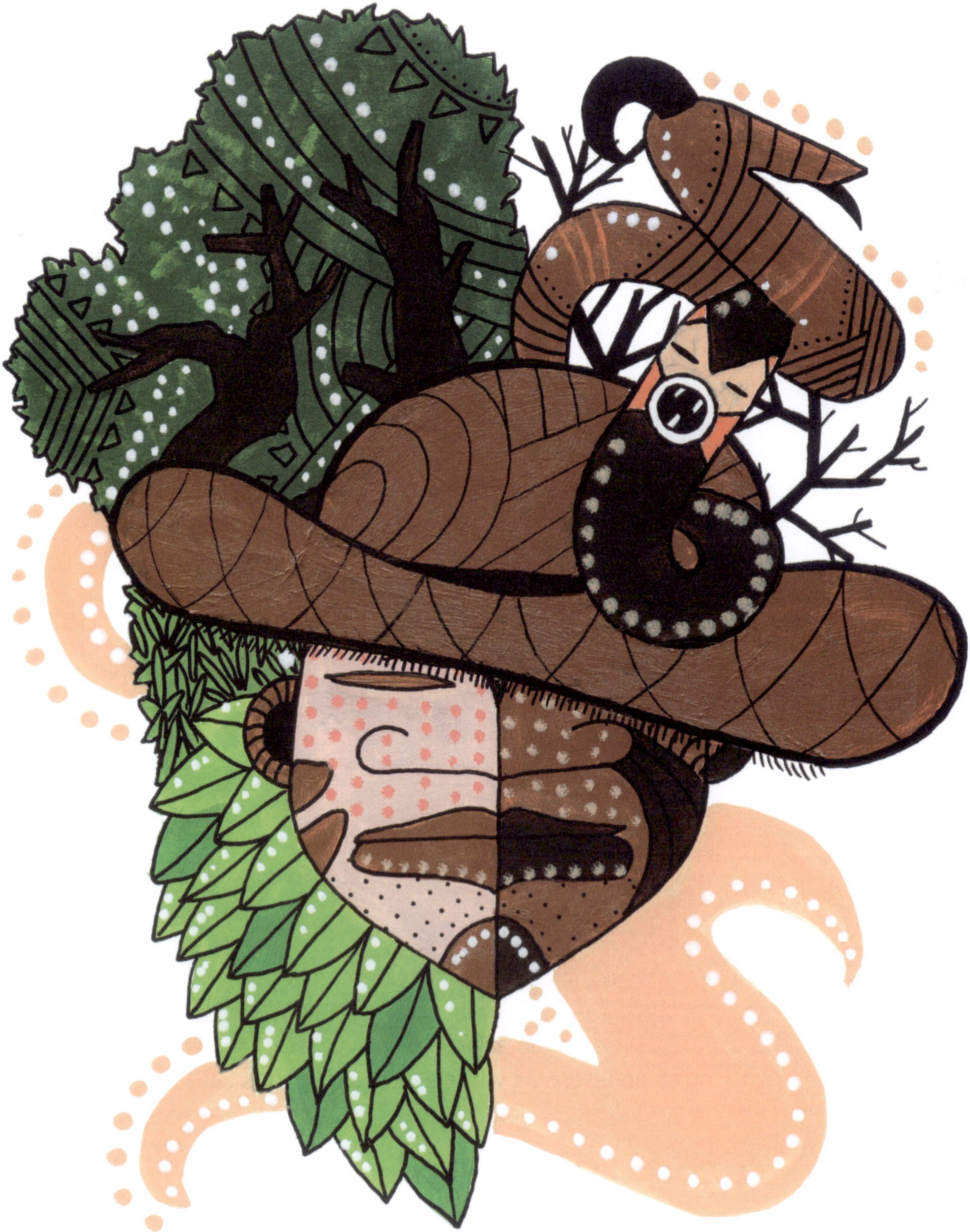

PARA FALAR DA VAIDADE DOS HOMENS

Os meninos voltaram pra casa muito animados com os aliados e novos amigos que estavam fazendo ao longo desta pequena história.

Como de costume, sentaram-se ao redor da mesa, iluminada pelo lampião e por uma vela. Vovô Joaquim serviu em pequenos potes de barro a sopa que havia feito. Abóbora, cenoura, coentro e gengibre. Para acompanhar, pão e aipim.

Um verdadeiro banquete, feito com muita dedicação. A cobrinha ganhou uma mamadeira só pra ela e tomou a sopa toda feliz, enquanto sua barriguinha ia crescendo, crescendo... Isso sempre alegrava os meninos, que esperavam o momento do arroto como um verdadeiro início de folguedo.

– Preciso falar sobre um assunto sério. Talvez vocês não entendam hoje, mas no futuro irão se lembrar. Estamos todos entrando numa luta importante, mas muito dura. Com muitos desafios. Quando a gente é pequeno, assim do tamanho de vocês, acredita em tudo, tem a confiança para seguir em frente, para acreditar que pequenas ações mudam, mudam, sim, as coisas para melhor. Não só para dentro de nossa casa, mas para a casa do vizinho, e da família do vizinho, e do amigo do vizinho.

Doum interrompeu:

– Vovô, não vou ajudar dona Francisca, não, porque ela tem a língua muito grande, é faladeira e vive comendo da minha farinha.

Todos riram, e a cobrinha aproveitou a pausa para soltar o seu festivo arroto... GROOOOOHHHH!

Vovô, ainda sorrindo, brincou dizendo que aquele era um arroto de guerra, e continuou explicando que o Tempo vai operando mudanças em nossas vidas, testando a força de nossa fé. De nosso caráter. Um veneno muito poderoso às vezes é utilizado nessas ocasiões, um veneno chamado vaidade. No jogo da capoeira e no jogo da vida, por assim dizer, a vaidade pode destruir pequenos e grandes homens.

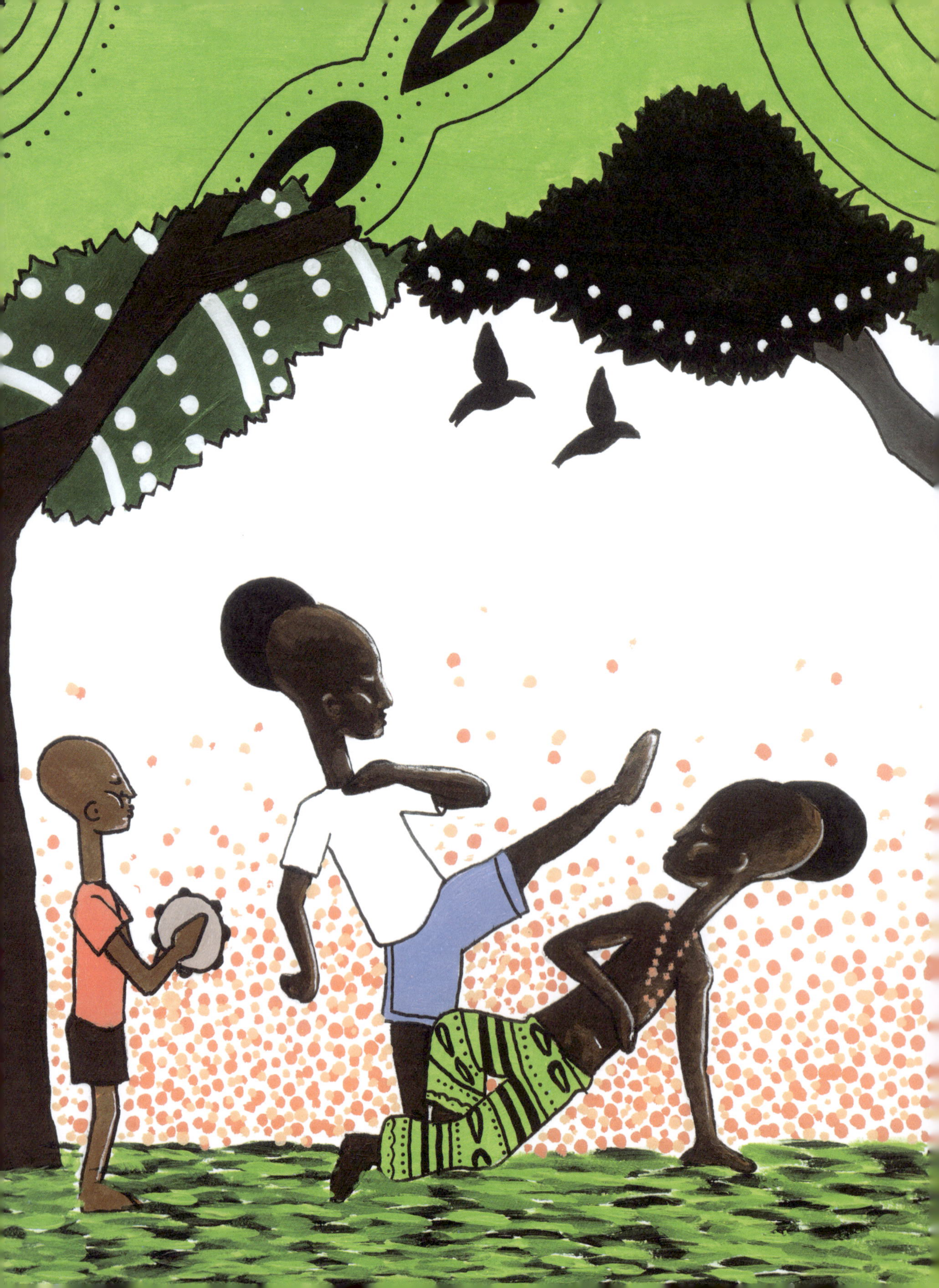

— Dona Francisca é vaidosa, vovô? — insistiu Doum.

— Sim, meu pequeno, mas um outro tipo de vaidade... estou falando de algo que vamos enfrentar de verdade. Vamos nos juntar às pessoas de fé, que defendem a Mãe Terra de todas as ofensas que ela recebe diariamente. Uma árvore que cai, uma flor que é arrancada de seu tronco, um pássaro na gaiola, os rios que recebem todos os poluentes, as nuvens que choram de tristeza com a fumaça preta que lhes irrita os olhos. Vamos ver tudo isso de perto.

Dentre todas as modalidades, decidiram, com as explicações de Joaquim, que a capoeira era a mais poderosa. Tinha o poder de falar com todos as pessoas. Tocava num canto escondido do coração. Uma luta, uma dança, um jogo, um ritual. Uma cabaça cheia de possibilidades surgia ao formar-se uma roda. A capoeira é livre, pois não aceita definição alguma. Ela é arredia e ao mesmo tempo é mãe. Recebe, aceita e exalta as diferenças de seus filhos, todos eles fruto da semente de seu corpo intocável, invisível. Essa chama que acende no peito de um capoeira quando ele se ajoelha à frente de um berimbau e entoa o seu canto de guerra.

Do canto da sala, a cobrinha, já adormecida, soltou um soluço. Todos riram. O grito de guerra estava dado. Os tambores passariam a mensagem a todos os povos. "Onde tem tambor, tem gente. Gente também tem onde tem tambor."*

. . . .
* Trecho de música do compositor Elder Costa para Ladodalua.

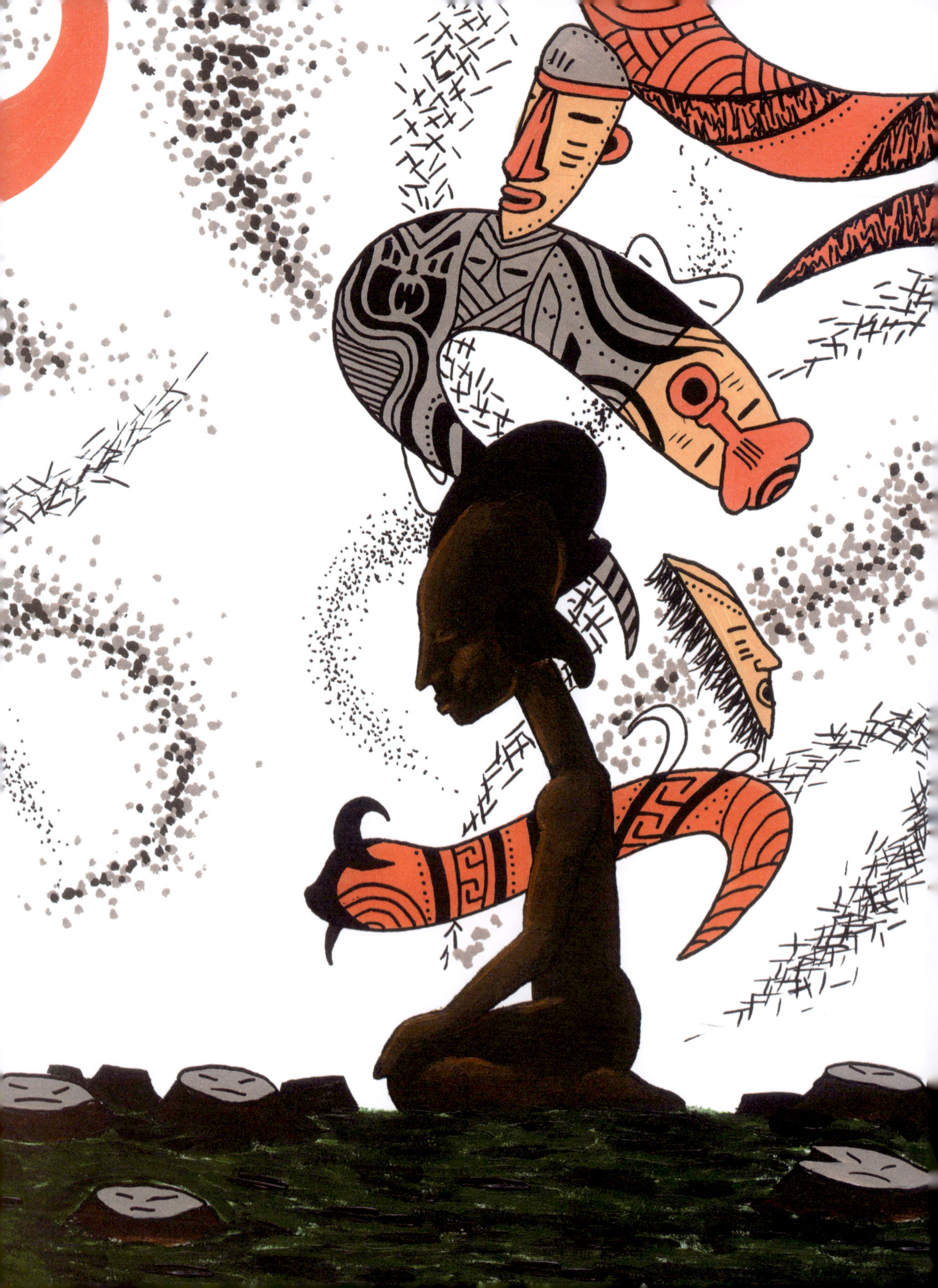

ARIOKÔ

Ariokô era irracional, mas não era burro. Sabia que o povo de fé estava se unindo para ajudar a Mãe Terra. Além disso, sua vaidade gritava aos berros que essa era a grande chance de tornar-se um líder, o rei da floresta e dos homens, e, para tanto, uma vitória sobre Ogum seria fundamental.

Seus espiões já tinham lhe contado que a batalha se daria através do tal jogo da capoeira, e que Ogum Rompe-Mata era conhecido por sua astúcia e destreza nessa arte.

Além de unir seus aliados, teria que preparar o terreno. Um de seus espiões tinha ouvido falar num tal de maculelê, que iria abrir a grande batalha. Ariokô ficou pensativo, mas estava confiante. Era hora de lutar, para vencer e ganhar. Ele não gostava de perder.

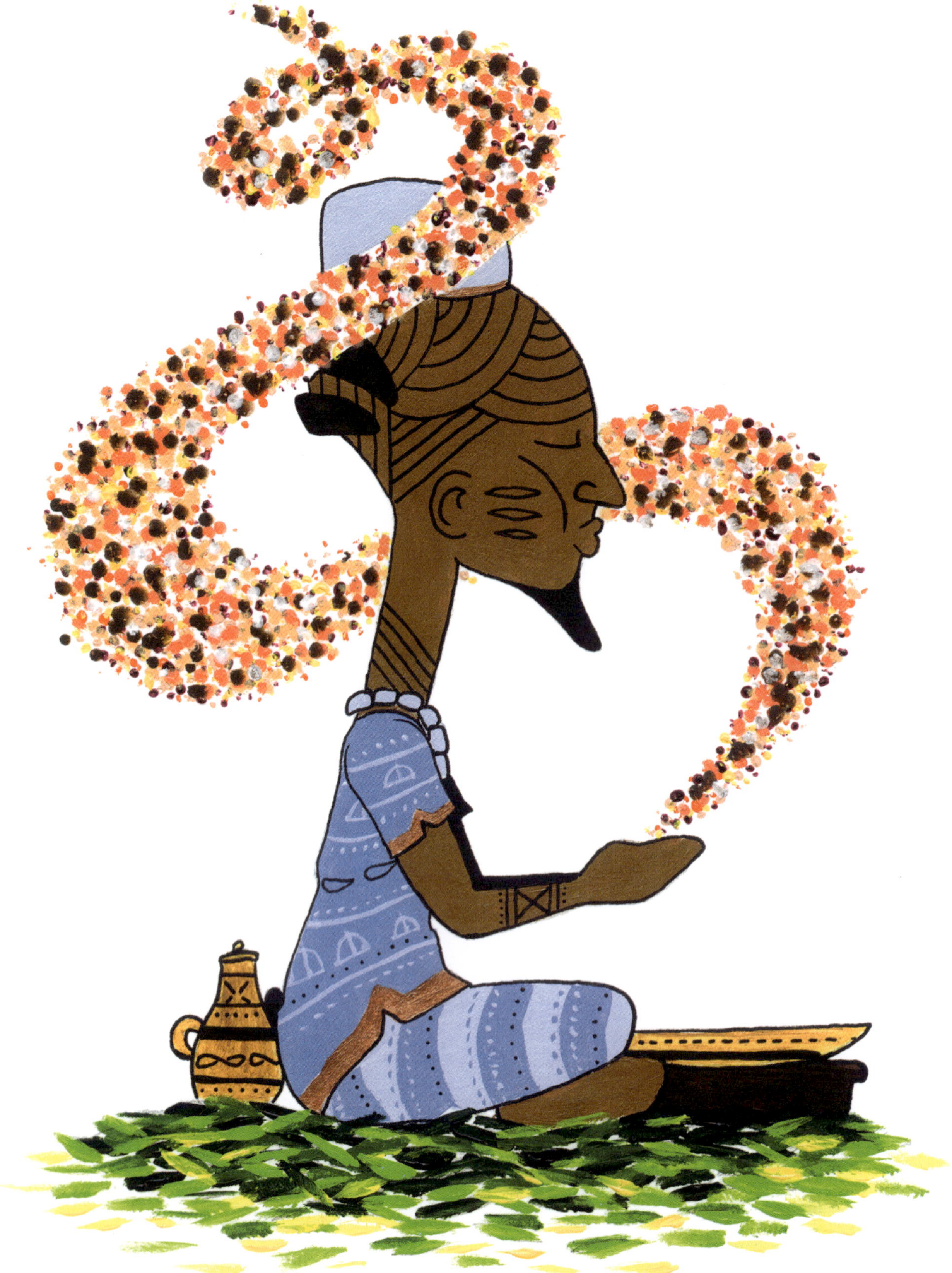

A DECISÃO DE IFÁ

Estavam todos reunidos na casa de palha de Vovô Joaquim para consultar o sábio pensador Ifá, um senhor quase careca, de barba comprida e muito grande. Olhos miúdos. O corpo todo encurvado. Tirou de seu casaco marrom uma sacolinha, e de dentro dela saíram umas conchinhas brancas muito bonitas. Eram pequenas e tinham perninhas menores ainda. Corriam de um lado para o outro, e Ifá pensativo acompanhava o caminho que faziam pra lá e pra cá. Ora caíam com sua fenda para cima, ora com sua fenda para baixo.

Ogum Rompe-Mata, quando entrou, beijou a mão de Vovô Joaquim. Os meninos se espantaram pelo fato de eles se conhecerem. Doum, mais distraído, estava concentrado no jogo de Ifá e perguntou quase sussurrando ao seu avô:

– O que é isso?

– São búzios. São os búzios sagrados de Ifá.

Aquilo demorou quase uma hora. O ancião olhava tudo atento, com um sorriso nos lábios. As conchinhas brancas então correram pra dentro do saquinho de volta. Ifá olhou para todos e disse:

– Amigos. Na próxima noite de lua cheia, ou seja, dentro de duas luas inteiras, a batalha se dará no campo santo. Teremos todos que descer a serra e ir para o antigo Quilombo do Jabaquara. O povo de Pai Felipe vai estar por lá também, o que nos dá mais força. Com uma pemba branca, símbolo de Salomão, deverá demarcar o campo santo. Comece com um maculelê. Depois disso, Ogum e Ariokô darão início ao jogo. O toque deverá ser a Iúna. No campo sagrado há uma grande árvore chamada Tempo, também conhecida como Iroko. Antes de a batalha começar, Ogum irá ao pé de Iroko para o fechamento de corpo. O jogo de capoeira entre Ogum e Ariokô é um desafio de destreza, uma luta que ninguém nunca viu. O vencedor será imortal. Todo cuidado é pouco, pois Ariokô é mandingueiro. Ogum terá que controlar seu ímpeto. Não entre no jogo dele. Mas deixe ele pensar que entrou. Entendeu, Senhor Ogum? – perguntou Ifá.

– Sim, senhor. Será sempre tudo ao contrário – respondeu Ogum, e, já se levantando, foi chamado por Ifá.

– Senhor Ogum. Pisa no chão, pisa maneiro. Nesse chão terá muito formigueiro.

– Obrigado pelo conselho, senhor Ifá. Aroni me acompanhará. Quem não aguenta com mandinga, não carrega patuá – disse Ogum Rompe-Mata, saindo pela portinha da casa de palha. Era um guerreiro muito alto, forte, robusto. Seu cavalo negro o esperava na cancela, onde outros guerreiros com capas e espadas também o aguardavam.

– Quem são eles, vovô? – perguntou Cosme.

– São os cavaleiros da esquerda de Deus Pai. Eles têm uma energia muito forte. São guardiões de uma tradição antiga. Crianças não podem chegar perto, não, que dá choque.

E da cancela partiram todos os guerreiros ancestrais. Tambores soaram na mata como o prenúncio do grande jogo da capoeira. Ao longe, a lúna cantou, chamando Pererê de volta pra si. E assim, um a um, Ifá, Pererê, Aroni, Ira e Iraê despediram-se e partiram para seus lares.

O QUILOMBO DO JABAQUARA

O Quilombo do Jabaquara ficava na Serra do Mar. Local importante na história, apenas ela, a Terra, conhecia as lembranças e as importantes conquistas do povo negro da região. Foram todos recebidos por um homem bem-vestido chamado Quintino de Lacerda. Ao lado dele, um negro velho, com poucas roupas e que não falava português, o velho Pai Felipe.

Subiram todos o Monte Serrat e olharam a bela paisagem de mata, árvores e, ao fundo, o mar. A grande Calunga. Quintino de Lacerda explicou:

– Sabem, de qualquer parte do litoral brasileiro, se dermos as costas para o continente, estaremos voltados para a Mãe África. Chegamos aqui pelo mar. Se quisermos ter a ajuda de todos, precisamos recorrer à grande mãe Iemanjá. Ela mora no mar.

Os meninos ficaram eufóricos. Cosme, Damião, Doum, Ira e Iraê nunca tinham visto o mar.

Desceram a serra e caminharam por duas horas ao lado do povo dos quilombos. Os corações pulavam pela boca. Os olhos não acreditavam no que viam. Que coisa mais bela era o mar! O barulho das ondas, a revoada dos pássaros, o vento acariciando o rosto.

Doum lembrou:

– Estão sujando o mar. Ele corre perigo também.

Ficaram todos pensativos. Então, lá do fundo, a imagem de uma mulher foi surgindo.

EH COSME, EH COSME, DAMIÃO MANDOU CHAMAR,
QUE VIESSE NAS CARREIRAS, PARA BRINCAR COM IEMANJÁ.

Os meninos desataram nas carreiras e entraram no mar de roupa e tudo. Até a cobrinha brejeira se enrolava na areia, brincando com eles.

Após a benção de Iemanjá, voltaram todos para o Quilombo. Um campo santo foi marcado e o símbolo de Salomão riscado, conforme o pedido de Ifá. Tochas foram acesas ao redor do campo de batalha. A floresta estava muda. O ar, parado. A lua enorme brilhava no céu.

Pererê chegou trazendo consigo alguns bastões de madeira e disse a todos que era para o maculelê. Os aliados pegaram cada um dois bastões. A cobrinha foi correndo para o braço de Vovô Joaquim, pois dessa modalidade não poderia participar.

Os amigos da floresta então se enfileiraram. Vovô Joaquim foi para o atabaque junto com o povo dos quilombos.

Os tambores rufaram, Ogum entoou:

TINDOLELÊ AUÊ CAUIZA,
TINDOLELÊ É SANGUE REAL.
EU SOU FILHO EU SOU NETO DE ARUANDA,
TINDOLELÊ AUÊ CAUIZA.
TINDOLELÊ AUÊ CAUIZA,
TINDOLELÊ É SANGUE REAL,
EU SOU FILHO EU SOU NETO DE ARUANDA,
TINDOLELÊ AUÊ CAUIZA.
MACULELÊ DE ONDE É QUE VEIO,
VEIO DE ANGOLA EH!
CAPOEIRA DE ONDE É QUE VEIO,
VEIO DE ANGOLA EH!
BERIMBAU DE ONDE É QUE VEIO,
VEIO DE ANGOLA EH!

Nesse momento nossos pequenos grandes heróis seguiram o ritmo da entoada e começaram a bater seus bastões de madeira um no outro, num compasso bonito de se escutar.

Adiante, entrou no círculo sagrado Ariokô. Ele vinha todo enfeitado, com o peito estufado, contente de si mesmo e de sua aparência. Tinha uma argola na orelha e um lenço vermelho no pescoço. Junto com ele vinham guerreiros de um mistério muito grande e amedrontador. A Raiva, a Inveja, a Mentira, a Vaidade e por aí afora.

Foram chegando e se enfileirando na roda. Pegaram também seus bastões de madeira e começaram a bater.

Duas fileiras se formaram. Alternando-se, Iraê bateu seu bastão no da Raiva. Cada um fazia suas acrobacias e ia atravessando a roda, olho no olho, com destreza e potência. Ira entrou no corredor do maculelê com a Vaidade, e fez movimentos graciosos, com malícia e mandinga, provocando a Vaidade, que, por sua vez, dava saltos mortais a cada vez que batia seu bastão no de Ira. Pererê entrou pulando com uma só perna e enfrentou o Preconceito. Ágil, ficou de ponta-cabeça batendo o bastão no do Preconceito, que tentou uma rasteira. Aroni entrou com a Cobiça. Gesticulando leve, parecia flutuar no ar, a Cobiça olhando tudo de canto de olho, admirando-se da beleza do jovem guerreiro.

Os tambores diminuíram o ritmo e, de pé diante dos Ogãs, ficaram cara a cara Ogum Rompe-Mata e Ariokô.

Ogum Rompe-Mata, cantador que era, puxou a cantiga:

BOA NOITE PRA QUEM É DE BOA NOITE,
BOM DIA PRA QUEM É DE BOM DIA.
A BENÇÃO MEU PAPAI A BENÇÃO,
MACULELÊ É O REI DA VALENTIA.
BOA NOITE PRA QUEM É DE BOA NOITE,
BOM DIA PRA QUEM É DE BOM DIA.
A BENÇÃO MEU PAPAI A BENÇÃO,
MACULELÊ É O REI DA VALENTIA.

Ogum bradou um grito alto que atingiu longe, enquanto Ariokô esboçou um sorriso de vitória. Seres invisíveis se aproximaram. Feixes de luz muito grandes, que tinham a forma humana. Ficaram todos ao redor, como uma grande muralha de proteção e vigília. Eram os grandes Orixás.

Ogum levantou os bastões e, com força e agilidade, alternava-os, ora batendo sobre sua cabeça, ora batendo-os no chão e entre as pernas. As folhagens de seu traje dançavam na brisa que começava a soprar, vinda do mar e dos ventos. Era a manifestação de que a Mãe Natureza ali estava, representada por seus Orixás.

Ariokô não se acovardou e não se impressionou com os movimentos de Ogum.

— Se o senhor é o senhor da guerra e do aço, então deixemos os bastões de lado e usemos facões — disse, em alto e bom som. Assim foi feito. Ogum, que era o senhor do ferro, não entendeu a escolha de Ariokô, visto que metal era o seu domínio. Sabia tratar-se de uma armadilha, mas estava atento.

A cada batida, faíscas de fogo saltavam dos facões. Ogum deu um martelo de giro, seguido de uma meia-lua de frente, deixando os facões suspensos no ar. Todos ficaram de boca aberta, mas Ariokô, num golpe traiçoeiro, bateu nos facões e foi empurrando Ogum na direção de um formigueiro que estava no canto do campo santo.

NÓS SOMOS FILHOS DA CAÇAMBA DE ARUANDA,
NA CONCEIÇÃO VIEMOS LOUVAR.
ARUANDA ÊÊÊ ARUANDA ÊÊÊ A.
NÓS SOMOS FILHOS DA CAÇAMBA DE ARUANDA,
NA CONCEIÇÃO VIEMOS LOUVAR.
ARUANDA ÊÊÊ ARUANDA ÊÊÊ A.

A cobrinha desenrolou-se de seu braço num salto e correu para os pés descalços de Ariokô. Num bote certeiro, deu-lhe uma cabeçada, jogando seu corpo para trás, em tempo para Ogum se recompor.

Ariokô, ainda no chão, passou sua mão na terra e encheu os olhos da cobrinha de barro, tirando-lhe a visão. Doum correu pelo meio do terreiro e pegou sua amiguinha no colo, com lágrimas nos olhos.

Ogum agachou-se aos pés do gunga e fez sua jura, partindo para o jogo de corpo fechado. No peito tinha um patuá, e mentalmente pedia forças a Oxalá.

Ariokô desceu também. Damião viu que do lado de seu cinturão de palha havia uma faca de tucum escondida. Agitado, tentou avisar

Ogum, mas o jogo já tinha começado, e o som dos atabaques cobria sua voz de menino.

O gunga tocou a lúna e todos se calaram. Damião, com o coração apertado, ficou quieto num canto, temendo pela vida de Ogum.

Ogum e Ariokô desceram na queda de rins de um lado e do outro. Ogum esgueirou-se pelo chão e Ariokô passou a meia-lua de compasso. Com a cabeça no chão, Ogum deu um giro apoiando-se somente em um braço e caiu na ponte, logo colocando-se de pé diante de seu oponente.

Ariokô deu um pulo, ficando na parada de mão. Abriu as pernas e percorreu a roda toda pelo chão. Agachou-se e fez sua primeira chamada. Ogum não respondeu. Com um peão de mão, ficou cara a cara com seu oponente, mas de ponta-cabeça. Ariokô deixou a chamada e soltou uma meia-lua de compasso de matar cachorro, bem rasteira. Ogum ficou ereto no chão e deu-lhe uma cabeçada.

— Tome! — gritou Damião no canto da roda, ao que seu avô, num só olhar, pediu-lhe silêncio e respeito pelo jogo da capoeira.

Ariokô desequilibrou-se, mas soltou uma meia-lua de frente na qual Ogum entrou de banda, colocando seu corpo bem colado ao de Ariokô. Foi a deixa. O infeliz enfiou a faca de tucum no peito de Ogum Rompe-Mata.

Uma gritaria alastrou-se pela roda, no que a voz de Vovô Joaquim foi ouvida mais alto:

— Continue, não pare.

Ariokô estava no centro da roda, com os braços erguidos e vitoriosos. Ogum tentava controlar sua ira, protegendo com as mãos a ferida que tinha no peito.

Joaquim passou o berimbau para Pai Felipe, que continuou na lúna. Fez o sinal da cruz, pôs a camisa branca pra dentro da calça e tirou o chapéu. Os meninos ficaram atônitos. Seu avô estava velho demais e, além disso, eles nunca o tinham visto na capoeira antes.

Pai Felipe mudou o toque do berimbau pra São Bento Grande.

Pererê cantou:

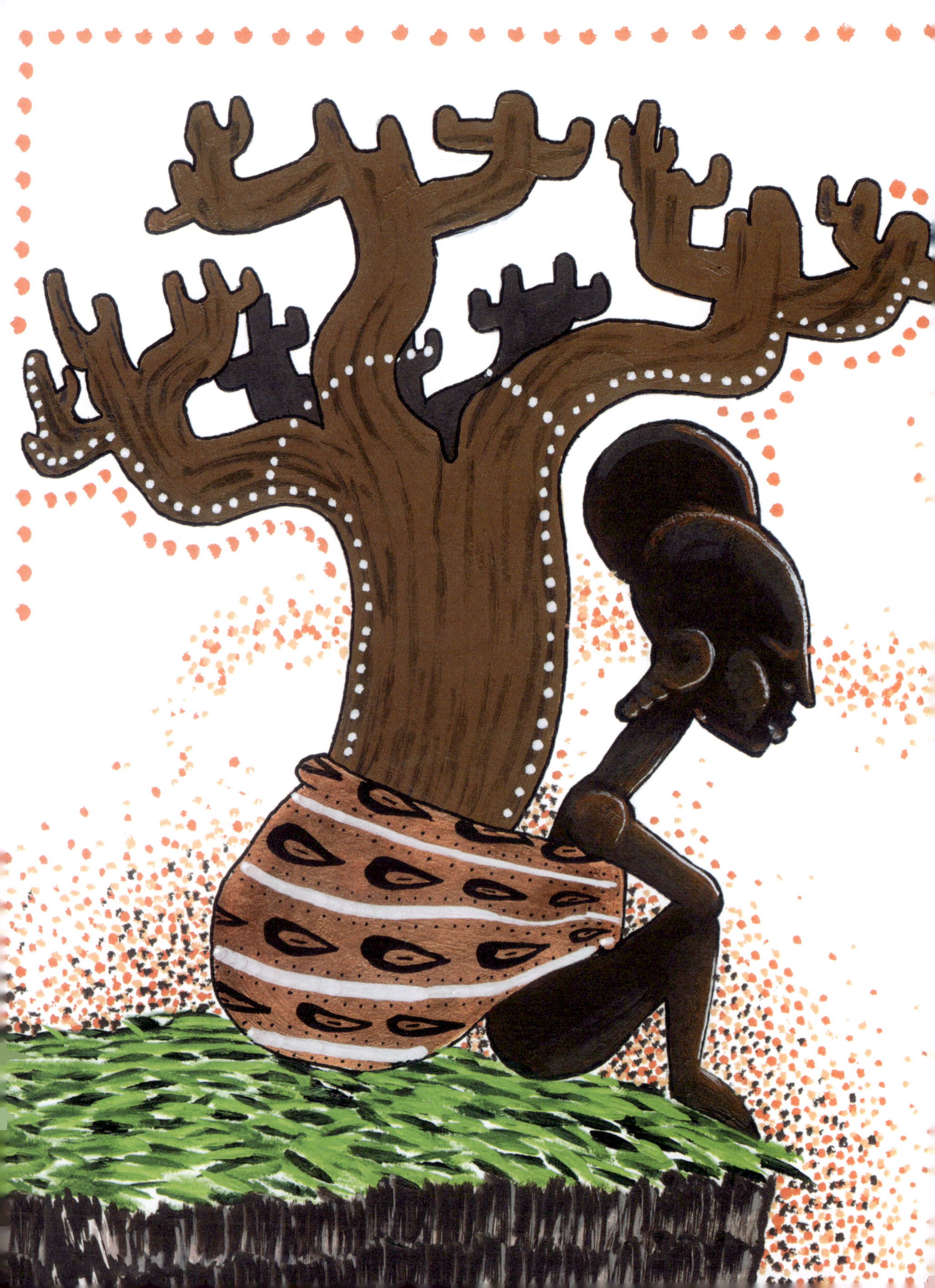

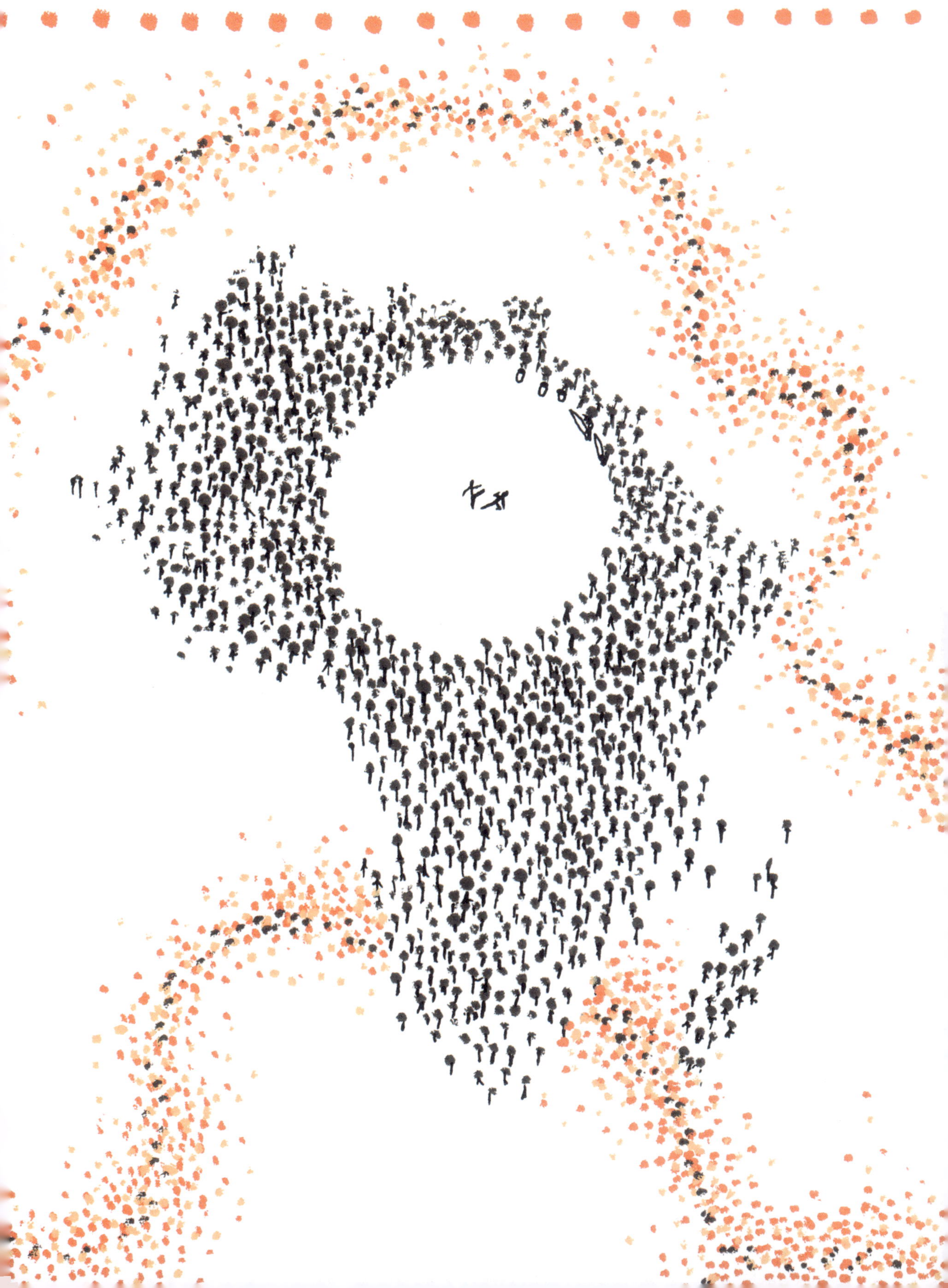

AVE MARIA MEU DEUS,
NUNCA VI CASA VELHA CAIR,
EU SÓ VI CASA NOVA CAIR,
EU SÓ VI CASA NOVA CAIR.

Vovô Joaquim entrou num jogo manhoso, mandingado. O corpo ia riscando o traçado, as memórias iam aflorando. O corpo tinha vida própria. Assim como a capoeira tem vida própria.

QUEM NUNCA VIU, VENHA VER.
AI, LICURI QUEBRAR DENDÊ.
QUEM NUNCA VIU, VENHA VER.
LICURI QUEBRAR DENDÊ.
CANTANDO EU AGRADEÇO
A QUEM NÃO POSSO PAGAR.

Ariokô tinha o corpo duro. Os movimentos, embora eficazes, eram quase mecânicos. Não tinham vida. Seus recuos e esquivas eram quase de robô. E, no jogo da capoeira, como no jogo da vida, a arte é feita de pergunta e resposta. Naquele momento, era um velho que fazia as perguntas que Ariokô, ainda moço, não sabia responder a não ser pela força bruta.

BEM-TE-VI
BOTOU GAMELEIRA NO CHÃO.
BOTOU, BOTOU
GAMELEIRA NO CHÃO.
BOTOU QUE EU VI
GAMELEIRA NO CHÃO.

As crianças não acreditavam no que estavam vendo. O velho Joaquim parecia um moço, um menino. Os pés bailavam, um sorriso de dentes brancos na pele marcada pela idade.

A carapinha rala também mostrava a idade, mas o efeito do tempo e do trabalho árduo tinha dado a ele a musculatura necessária para o jogo. O gingado parecia o de um felino. Ariokô começava a bufar, mostrando cansaço e falta de fôlego. Joaquim não atacava, ficava nessa dança de guerra, nesse ritual. O coro respondia ao cantador, e a energia mágica da capoeira começou a envolver a todos ali. Aroni puxou as palmas, e o povo dos quilombos respondeu ao chamado.

Ouviu-se ao longe uma voz. Era Ogum Beira-Mar:

BEIRA-MAR, AUÊ BEIRA-MAR,
BEIRA-MAR, AUÊ BEIRA-MAR.
O RIACHO QUE CORRE PRO RIO
É O RIO QUE CORRE PRO MAR,
O MAR É MORADA DE PEIXE,
QUERO VER QUEM VAI JOGAR NA RODA HOJE.
BEIRA-MAR, AUÊ BEIRA-MAR,
BEIRA-MAR, AUÊ BEIRA-MAR.
MINHA MÃE CHAMA MARIA,
LAVADEIRA DE MARÉ,
NO MAR TEM TANTA MARIA.
MINHÃ MÃE NÃO SEI QUEM É,
QUERO SABER.
À BEIRA-MAR, AUÊ BEIRA-MAR.

Aproximou-se então um homem muito parecido com Ogum Rompe-Mata, a quem os pequenos índios saudaram: "Ogunhê"! Ele entoou um canto. Tinha nas mãos um punhado de algas marinhas, que colocou sobre a ferida do outro guerreiro.

OGUM OYÁ,
OGUM OYÁ É DE MENE.
OGUM OYÁ É DE MENE,
PATACORI É DE MENE.

Doum perguntou:
— Esse aí é quem?
— Esse é Ogum Beira-Mar, enviado por Potyra e Iemanjá para ajudar o Senhor Ogum Rompe-Mata — respondeu Vovô Joaquim.

Os senhores do ferro se abraçaram calorosamente.

Ogum Beira-Mar ajoelhou-se ao pé do berimbau e, com um olhar, pediu a autorização do tocador, Pai Felipe, para poder entrar na roda. Autorização dada, chamou Vovô Joaquim com um aceno de mão para jogar. Todos ficaram espantados. Afinal, era Ariokô o inimigo.

Joaquim apertou as mãos de Ariokô, agradecendo pelo jogo, deixando-o confuso e surpreso. Joaquim foi ao pé do berimbau e cumprimentou o senhor Beira-mar.

Vovô Joaquim deu um aú fechado, caiu na esquiva lateral e deu uma rasteira de costas. Beira-Mar saiu na queda de rins, firmou na cocorinha e fez o peão de cabeça. Era um jogo mais tradicional. Um ia pelo chão, o outro ia pelo ar. Pergunta e resposta. Ariokô ficou admirando tudo aquilo, e sentiu que ainda tinha o que aprender na vida. Que ele não era o dono da verdade. Um sentimento estranho pesou em seu peito, como um sopro.

Joaquim lembrou de seu mestre Zé do Coco e de como sentia a falta de sua presença. As lavadeiras que estavam na roda tomaram a frente e cantaram:

NA BAHIA TEM UM COCO,
CHAMA COCO DE SINHÁ,
É PRECISO DUAS PEDRAS
PRA ESSE COCO SE QUEBRAR.
OI, COCO MIRONGA QUE TEM DENDÊ,
É, COCO QUE TEM DENDÊ.
COCO MIRONGA QUE TEM DENDÊ,
É, COCO QUE TEM DENDÊ,
QUE TEM DENDÊ TEM DENDÊ,
É, COCO QUE TEM DENDÊ.

O jogo subiu e ficou mais rápido. Meia-lua de frente, cabeçada, rasteira, rabo de arraia. Chapéu de couro, meia-lua de compasso, benção. As palmas continuavam marcando o ritmo. Pouco a pouco, desacelerou. O berimbau baixou, chamando os capoeiras para o pé da roda.

Ogum Beira-Mar agradeceu e foi ao lado de seu irmão Rompe-Mata. Com um aceno de mão, Vovô Joaquim chamou Ariokô para a roda.

– Ariokô, quem tem mestre não morre pagão – Beira-Mar cantou:

MENINO, QUEM FOI SEU MESTRE?
MENINO, QUEM FOI SEU MESTRE?
MEU MESTRE FOI SALOMÃO.
SOU DISCÍPULO QUE APRENDE,
SOU MESTRE QUE DÁ LIÇÃO.
O MESTRE QUE ME ENSINOU
VIVE NA CONCEIÇÃO.
A ELE DEVO DINHEIRO,
SAÚDE E OBRIGAÇÃO. SEGREDO DE SÃO COSME
MAS QUEM SABE É SÃO DAMIÃO, CAMARÁ.
ÁGUA DE BEBER.

Com uma modéstia nova pra si, Ariokô respondia a pergunta. Se o velho Joaquim passava a meia-lua, ele se abaixava rasteirinho. Se o velho Joaquim soltava um martelo, ele partia pra esquiva baixa, e assim o jogo aconteceu. O velho ensinando e o menino aprendendo, despindo-se de todas as vaidades. Ariokô não se sentiu desafiado, mas incluído, aceito. Sua falta de conhecimento não o diminuía perante os outros. Esse sentimento ele nunca tinha provado. E, agora que sentia o sabor, aprendia a gostar.

O berimbau chamou para o pé da roda. Joaquim abraçou Ariokô que, com lágrimas nos olhos, pediu agô. A licença foi concedida.

– Aprendi que a razão pode caminhar lado a lado com o sentimento. Sei que querem de volta o equilíbrio que eu tirei da Mãe Terra.

Infelizmente, o mal já está feito. Mas me coloco à disposição para aprender e ajudar no que puder – disse, sinceramente arrependido.

Sentiu-se uma brisa forte com cheiro de lírios. Quando deram por si, o dia já estava amanhecendo, com um lindo nascer de Guaracy, o deus Sol dos índios.

Ficaram todos em silêncio olhando aquela manifestação de agradecimento da Mãe Terra. Nem tudo estava perdido. Era só ter vontade, amigos e ideias, e talvez não fosse tarde demais. A esperança estava estampada no rosto de cada um deles; plantada a semente, o fruto daria no tempo certo. Era só aguardar o Tempo de cada coisa, e enquanto isso permanecer forte, firme e com fé.

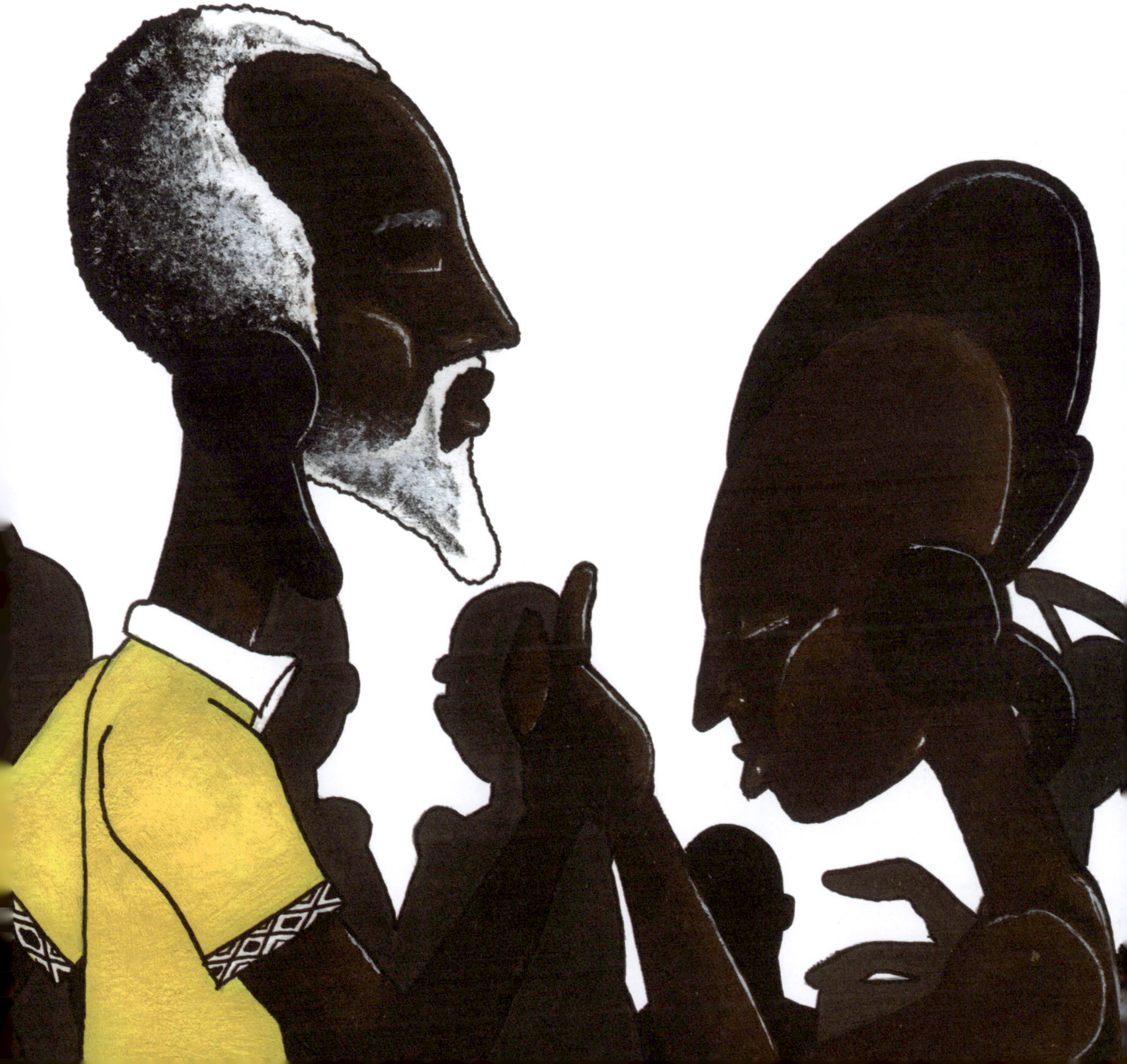

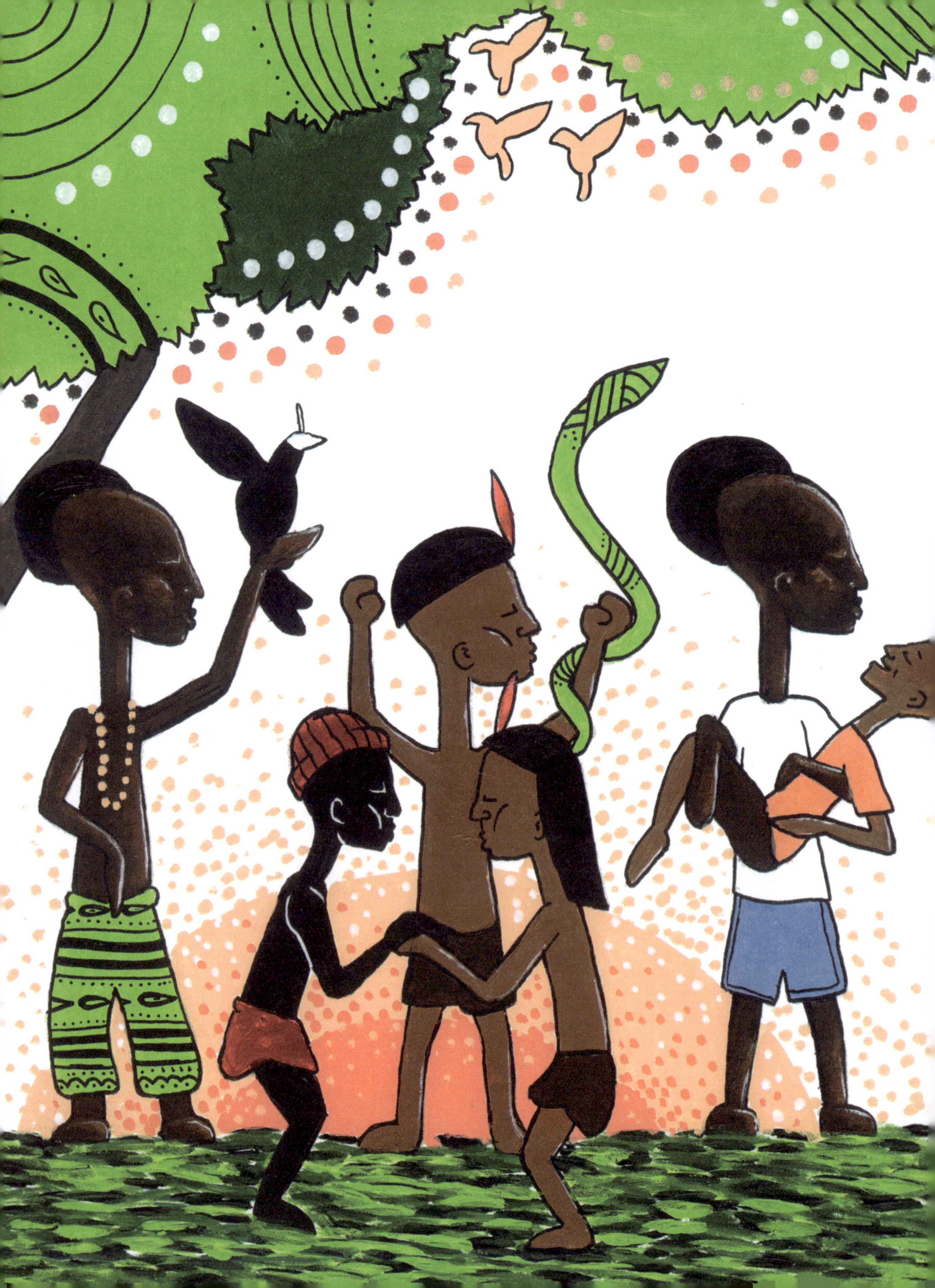

O MESTRE E O MENINO

Ariokô aprendeu naquela noite uma grande lição. Aliás, todos ali tinham presenciado a mágica da vida. Aprenderam que mestre de capoeira é acima de tudo um construtor de homens. Assim os africanos fizeram com Zé do Coco, que, por sua vez, ensinou mestre Jojô. Vovô Joaquim, sem nunca ter revelado sua perícia na arte da capoeira, criou três pequenos homens, lembrados em todos os cantos do Brasil por sua alegria e bondade: Cosme, Damião e Doum.

A sabedoria estava no quintal de casa o tempo todo, mas para ter acesso ao conhecimento é preciso dar uma volta ao mundo, e assim o povo da floresta quis que fosse. Conhecendo as diferenças, as dificuldades, as dores e alegrias de seus semelhantes e daqueles muito diferentes deles, Cosme, Damião e Doum completaram o ciclo, o caminho que tinham que percorrer. A cobrinha reencontrou sua mãe, que Potyra havia recolhido presa em garrafas de plástico no fundo do Rio.

Quanto a mestre Joaquim, ele repousa debaixo de uma copa de árvore bem grande chamada Iroko. Foi na mesma árvore que Zé do Coco e Ogum Rompe-Mata um dia fizeram seu fechamento de corpo. Na árvore mora uma cobrinha e toda sua família, que, por um pacto de amizade, não comem a família da Iúna que ali também faz morada.

Dizem que, no final de tarde, ouvem-se gargalhadas de crianças que cantam e dançam sua alma em festa. Ao som de um berimbau.

NO POVO TUDO RENASCE.

VIVEMOS NUMA ÁFRICA UNIDA CHAMADA BRASIL.

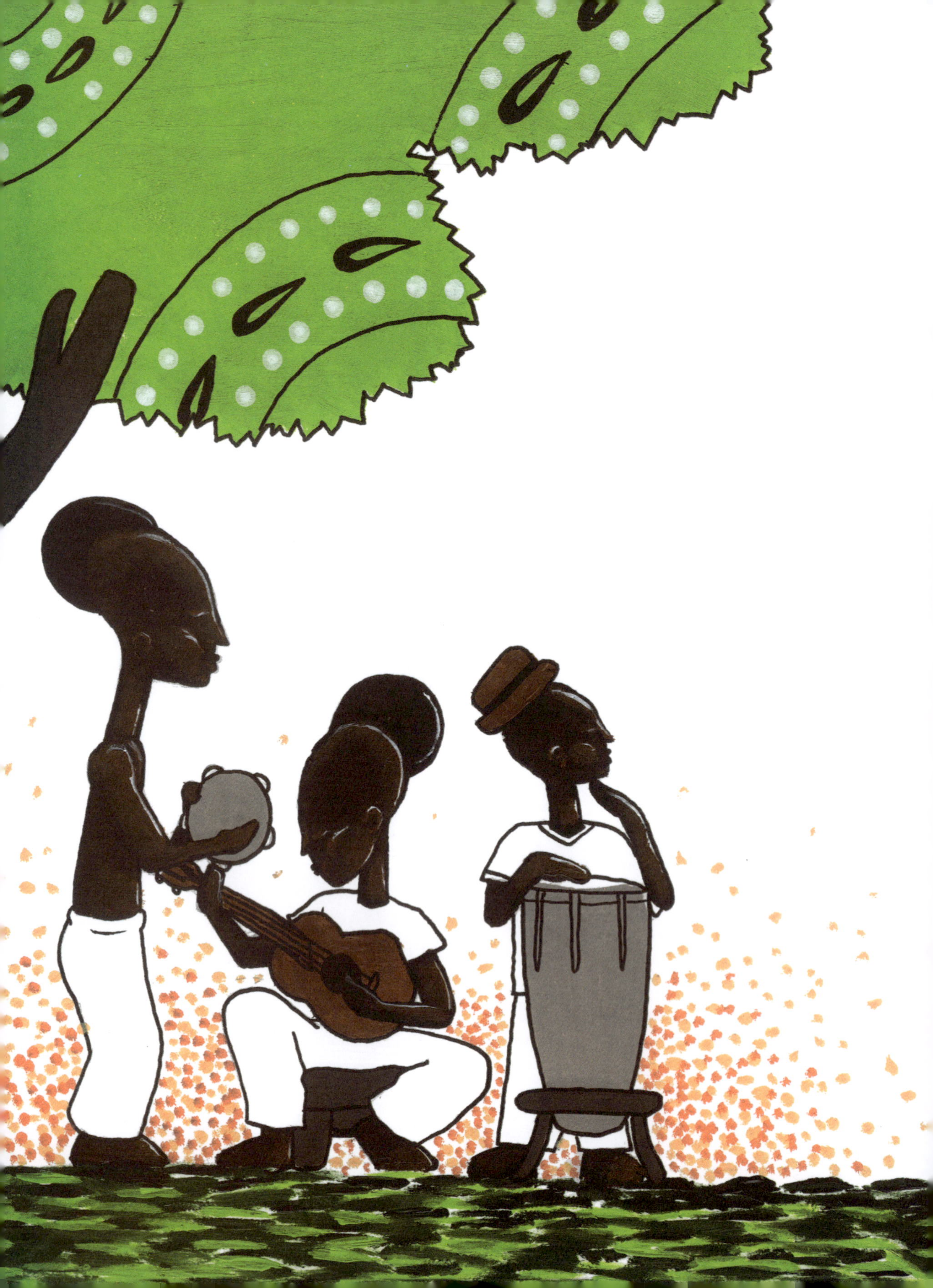

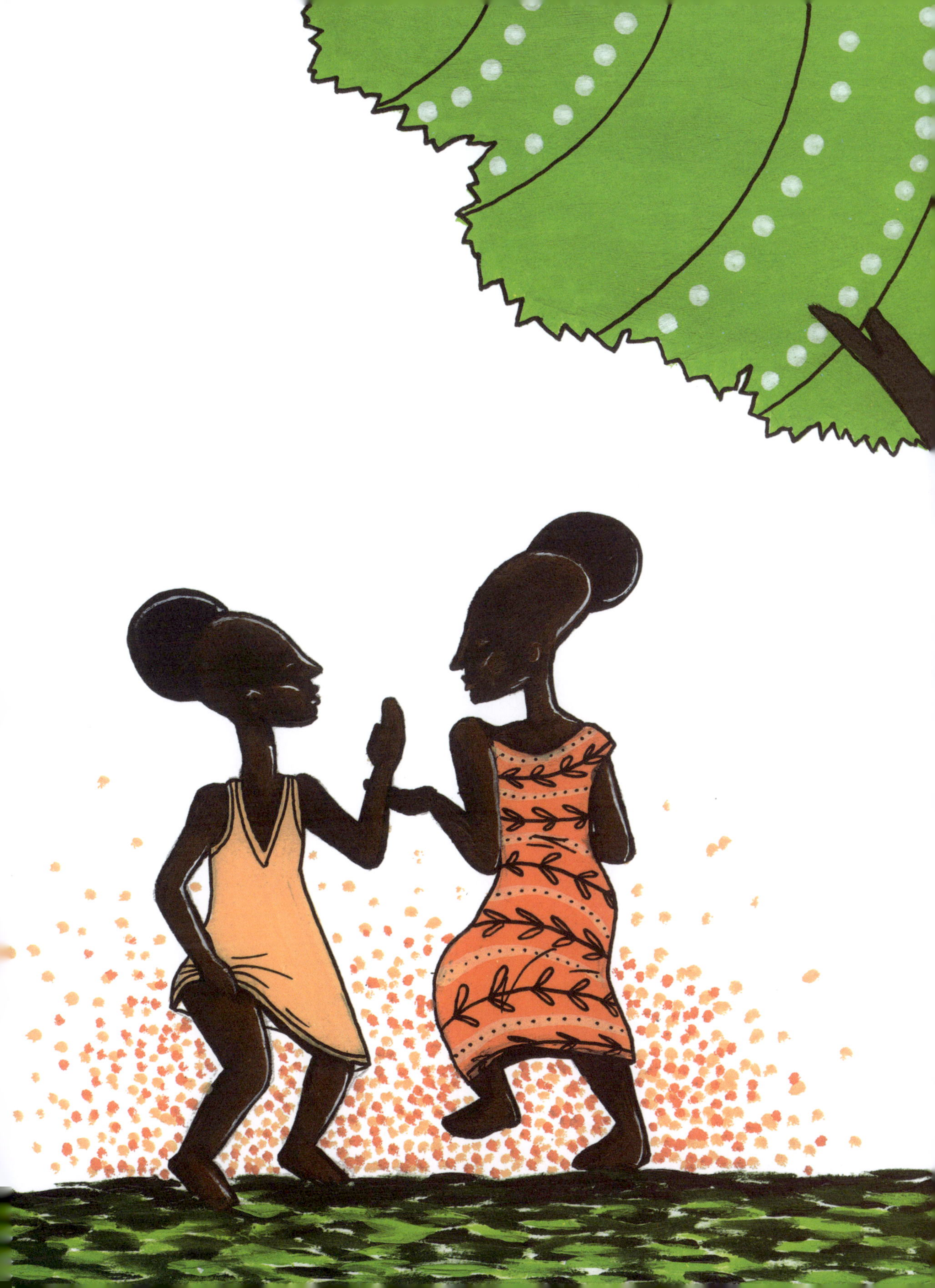

GLOSSÁRIO

ADJÁ Sineta metálica utilizada principalmente no processo de transe para a chegada de um Orixá.

AGÔ Licença, permissão.

AIPIM Espécie vegetal comestível, também conhecida como mandioca.

ARIOKÔ Ser irracional, que fala muito e nada sabe.

ARONI Anão de uma perna só, que fuma cachimbo e anda dentro de um redemoinho.

ATABAQUE Instrumento musical de percussão.

AURA Campo energético que envolve o corpo físico de uma pessoa.

BABÁ O babalorixá, ou babá (pai), é um sacerdote que passou por todos os preceitos e obrigações exigidas para o cargo de líder de um terreiro, de uma casa de culto de nação.

BANZO Nostalgia dos negros trazidos da África, com saudade de seu país e de sua cultura.

BIRIBA Árvore da qual é retirada a madeira de fazer berimbau.

BÚZIOS Pequenas conchas marinhas.

CABAÇA Fruto de formato redondo.

CABOCLA Potyra Ser pertencente a alguns cultos religiosos do Brasil, como a umbanda.

CABOCLO Filho da miscigenação entre o branco e o índio.

CABOCLO TUPINAMBÁ Ser pertencente a alguns cultos religiosos do Brasil, como a umbanda.

CALUNDU Mau humor.

CAÇAMBA Um tipo de recipiente, e no contexto do livro remete aos famosos "barcos" que são as saídas dos filhos de santo após permanecerem reclusos em seu tempo de formação.

CALUNGA Nome atribuído a ex-escravos. Também significa, em banto, "tudo de bom". Na grande travessia entre a África e o Brasil, os negros sofriam tanto que, quando seus corpos eram jogados no mar, passaram a chamar o oceano de grande Calunga.

CAPOEIRA Em tupi-guarani, espaço de mata rala.

CARAPINHA Cabeça de um velho, cabelo ralo.

CAUIZA Palavra de significado não esclarecido, que aparece com frequência em cânticos da umbanda e de candomblés bantos.

DENDÊ Fruto de uma palmeira originária da Costa Ocidental da África. Seu azeite é muito popular nas culinárias brasileira e angolana.

GAMELEIRA Designação comum a diversas árvores da família das moráceas, como a figueira. Também chamada de Iroko, suas folhas são utilizada no preparo de água sagrada nos rituais da cultura afro-brasileira.

GUNGA É o berimbau que, por ter a cabaça maior, produz um som mais grave que os demais. Normalmente é tocado pela pessoa mais graduada da roda.

IROKO Árvore considerada orixá, também chamada Rôco, Loko ou Tempo. Governa as dimensões do tempo e do espaço, e é cultuada no candomblé do Brasil pela nação Ketu e Jeje. Orixá raro, o culto a Iroko é cercado de cuidados, mistérios e muitas histórias. Guarda estreita ligação com as ajés, as senhoras do pássaro.

LICURI Ou coco-de-quaresma é o nome popular de um palmeira sertaneja. Seu coquinho é consumido torrado ou usado em doces, licores, óleo e leite de licuri.

MACULELÊ Dança folclórica brasileira sobre a qual existem diversas lendas, originárias das culturas afrobrasileira e indígena. Uma delas conta que o negro Maculelê foi acolhido por uma tribo indígena. Na ausência de guerreiros que haviam partido para a luta, uma tribo rival aparece e Maculelê, usando dois bastões, enfrenta sozinho os inimigos e heroicamente vence a disputa.

MANDINGA No contexto da capoeira, mandinga representa a habilidade do capoeira em surpreender o oponente, como uma espécie de "malícia de jogo". Essa "esperteza" é muito apreciada e consta na letra de diversas canções. No Brasil Colonial era a designação de um grupo étnico de origem africana, praticante do Islã, cujo hábito era o de carregar junto ao peito, pendurado em um cordão, um pequeno pedaço de couro com inscrições de trechos do Alcorão, que negros de outras etnias denominavam patuá.

MEJITÓ OU MEGITÓ Título de sacerdotes da Nação Jeje, são os vodum da família de Dan.

OGÃS Tocadores dos atabaques.

OGUM Rompe-Mata, Ogum Beira-Mar Seres pertencentes a alguns cultos religiosos do Brasil, como a umbanda.

OGUNHÊ! Saudação a Ogum.

ORIXÁS De forma simples, entidades de luz representando forças da natureza que se manifestam.

OXALÁ Orixá associado à criação do mundo e da espécie humana.

PAGÃO Aquele que ainda não foi batizado, que não tem uma crença.

PAI JOAQUIM DE ANGOLA Ser pertencente a alguns cultos religiosos do Brasil, como a umbanda.

PAI FELIPE Realmente existiu. Foi líder de um quilombo em Santos (SP). Diziam ser africano e não falar a língua portuguesa.

PATUÁ Objeto de proteção.

PEMBA Tipo de giz branco.

PITAR Fumar.

PONTO Forma popular de chamar as cantigas entoadas nos centros e terreiros de Umbanda.

QUILOMBO DO JABAQUARA Realmente existiu, abrigando por anos escravos já alforriados, libertos, vivendo de uma cultura de subsistência e trocas.

QUINTINO DE LACERDA Líder do Quilombo do Jabaquara. Natural de Sergipe, morreu em 10 de agosto de 1898.

RAÇA Conceito que utiliza diversos parâmetros para classificar diferentes populações de uma mesma espécie biológica.

RACISMO Julgar uma pessoa pela cor de sua pele.

RAMI Tipo de barbante que se usa para amarrar o berimbau.

SACI-PERERÊ Ser do folclore brasileiro que vive nas matas, tem só uma perna, usa chapéu vermelho e fuma cachimbo.

SÃO BENTO GRANDE Tipo de toque do berimbau.

TAPIOCA Comida típica muito encontrada no Nordeste e na cultura indígena.

TUCUM Tipo de madeira muito resistente.

UMBANDA Culto religioso criado no Brasil oficialmente em 1908, que sincretiza vários elementos, inclusive de outras religiões, como o catolicismo, o espiritismo, as religiões afro-brasileiras e o esoterismo.

ZÉ DO COCO Ser pertencente a alguns cultos religiosos do Brasil, como a umbanda.

ZAMBI O deus supremo e criador nos candomblés de Nação Angola, equivalente à Olorum do Candomblé Ketu.

ALEXANDRE KETO nasceu na capital paulista. Seus primeiros contatos com a cultura Hip Hop ocorreram em oficinas que se realizavam no bairro em que morava. Logo virou um multiplicador e passou a espalhar a cultura Hip Hop por diversos guetos mundo afora por meio de projetos sociais.

Usa o trabalho artístico como uma ferramenta de transformação social, principalmente em países africanos, onde desenvolve projetos comunitários e de intercâmbio.

ERIKA BALBINO nasceu na cidade de São Paulo. Formou-se em Cinema com especialização em Roteiro na Fundação Álvares Penteado (Faap) e é pós-graduada em Mídia, Informação e Cultura pelo Centro de Estudos Latino-Americanos sobre Cultura e Comunicação (Celacc) da Universidade de São Paulo (USP).

Além de seu envolvimento na cultura afro-brasileira e na umbanda, joga capoeira há treze anos e desenvolve projeto de pesquisa sobre essa prática na capital paulista.

AGRADEÇO A TODOS que fizeram parte da minha caminhada ainda em construção: Tenda de Umbanda Caboclo Tupinambá - Pai Walter (*in memoriam*); Kwe Jidan Vodun Jò - Mejitó Fatima (Ilhéus - BA); Grupo Capoeira Canavial (Mestre Pelé, Formado Tatito, Professor China); Grupo Vera Cruz (Mestre Caranguejo); Grupo Capoeira Mandinga (Mestre Maurão); Grupo Tribo Unida (Mestre Jamaica) e um salve especial para Mestre Dalua e Mestre Catitu (Grupo Herança Cultural).

AOS MEUS CAMARADAS da fé e do axé: Cláudio (Lambança), Danilo Lucas (Escravo), Aldo, Professor Welton, Evaldo (Cocoon), Contramestre Pavão, Professora Cibele, Butina, Carlinhos, Boxel, Silvinha, Clebão, Big, Mestre Tabaco, Amerizio (Sebão), Morango, Neto (Carrapicho), Contramestre Dudu, Meia Noite, Leo (Pata Choca), Tiquinho, Cumprido, Rodrigo Luna (Grilo), Rato, Zé do Berimbau, Dolores, Mestre Bico Duro, Tia Deth, Clayton Capoeira, Josiane Gomes (Borboleta), Alexandre (Feijão), Valmir (Fala Mansa), Alexandre (Cenourinha, do grupo Fio da Navalha), Karla, Morena, Surama Caggiano, Gal Oppido. Kriz Knack, Alexandrus Georgius, Rogério Capuano, Gislaine e Raul, Maria Angela, Beth, Jojô, Paulo Máximo, Ana Lúcia de Menezes, Cida, Rogério Chaves, Reinaldo Reis, Alonso Alvarez, Professor José Arrabal, Professor Dennis de Oliveira, Carla Silva, Lilian Scutti, Carla Arbex, Izabel Mohor, Alexandre Keto, Andréia Couto (Deinha), Nirlando Beirão e equipe Baobá Comunicação Cultura e Conteúdo.

E, AINDA, ÀS MINHAS IRMÃS de capoeira e de vida Andréia Correia, Adriana Issobata, Cristiane Alves, Elke Weyhreter (Narizinho) Ligia Simeone e Luciana Calil.

ADMIRAÇÃO ÀS MULHERES Mestra Eloana, Mestra Mara, Mestra Janja, Mestra Criança, India Itatiaia, Renata Farhat Borges, Nega Duda.

FICHA TÉCNICA DAS FAIXAS

A TODOS AQUI MENCIONADOS eu devo o meu mais sincero respeito e agradecimento. Foram horas de gravação, dedicação e cuidado para a construção deste projeto. Obrigada por terem sonhado esse sonho comigo. Amizade é um prato em que todos comem juntos.

EQUIPE TÉCNICA

Concepção: Erika Balbino
Arranjos e direção musical: Mestre Dalua
Gravação e mixagem: Guilherme Chiappetta
Preparação vocal e direção: Silvia Maria
Coro feminino: Elaine Rodolfo, Erika Balbino, Ligia Simeone, Liz Del Porto, Luciana Calil, Paula Villar e Silvia Maria
Coro masculino: Alan Antunes (Jack), Alex William (Pipoka), Fernando Cezário (Grilo), Rodrigo Luna (Grilo), Mestre Tabaco, Rato e Sérgio Cesário
Participações especiais: Mejitó Fatima, Mestre Dalua, Mestre Caranguejo, Mestre Catitu, Mestre Jamaica, Mestre Tabaco, Silvia Maria, Rodrigo Sá, Sérgio Cezário, Alan Antunes (Jack) e Erika Balbino
Crianças: Felipe, Giulia de Jesus, Joana (Farinha), Julia Paes, Julia Rodolfo, Samirinha e Tribo Unida-Ilhéus
Bateria: Mestre Dalua, Alan Antunes (Jack), Ligia Simeone, Alex William (Pipoka), Tribo Unida (Ilhéus e Itacaré/BA), Abuntaluju e Aladeji

PERSONAGENS

Narradora e Cobrinha: Erika Balbino
Cosme, Damião, Doum, Pererê, Zé do Coco, Jojô, Quintino de Lacerda, Ogum Beira-Mar: Alan Antunes (Jack)
Cabocla Potyra: Silvia Maria
Vovô Joaquim: Mestre Caranguejo
Ira: Ligia Simeone
Iraê: Alex William (Pipoka)
Ogum Rompe-Mata e Ifá: Mestre Catitu
Ariokô: Guilherme Chiappetta

INTÉRPRETES DAS CANÇÕES

"Saudação aos erês": Mejitó Fatima e crianças
"Menino quem foi seu mestre", "Beira-Mar": Mestre Jamaica
"O menino chorou", "Pega esse nego", "Ave Maria meu Deus": Alan Antunes (Jack)
"A cobra lhe morde", "Dona Maria que vende aí": Rodrigo Sá
"Ponto de Cosme e Damião", "Pingo de ouro", "Ponto de Doum", "Ponto de Obaluaê", "Ponto de Caboclo Pedra Preta", "Ponto de Ogum": Erika Balbino
"Talandê": Mestre Caranguejo
"Lavadeira (cantiga de roda)", "Coco mironga": Silvia Maria
"Em buraco de cobra": Joana (Farinha)
"Tava lá em casa": Mestre Dalua
"Tindolelê auê Cauiza", "Boa noite pra quem é de boa noite", "Filhos de Aruanda": Mestre Catitu
"Licuri quebra dendê", "Gameleira no chão": Sérgio Cesário

TODAS AS MÚSICAS QUE ESTÃO NO SITE DA PEIRÓPOLIS SÃO DE DOMÍNIO PÚBLICO, À EXCEÇÃO DE TALANDÊ, DE AUTORIA DE MESTRE CARANGUEJO.

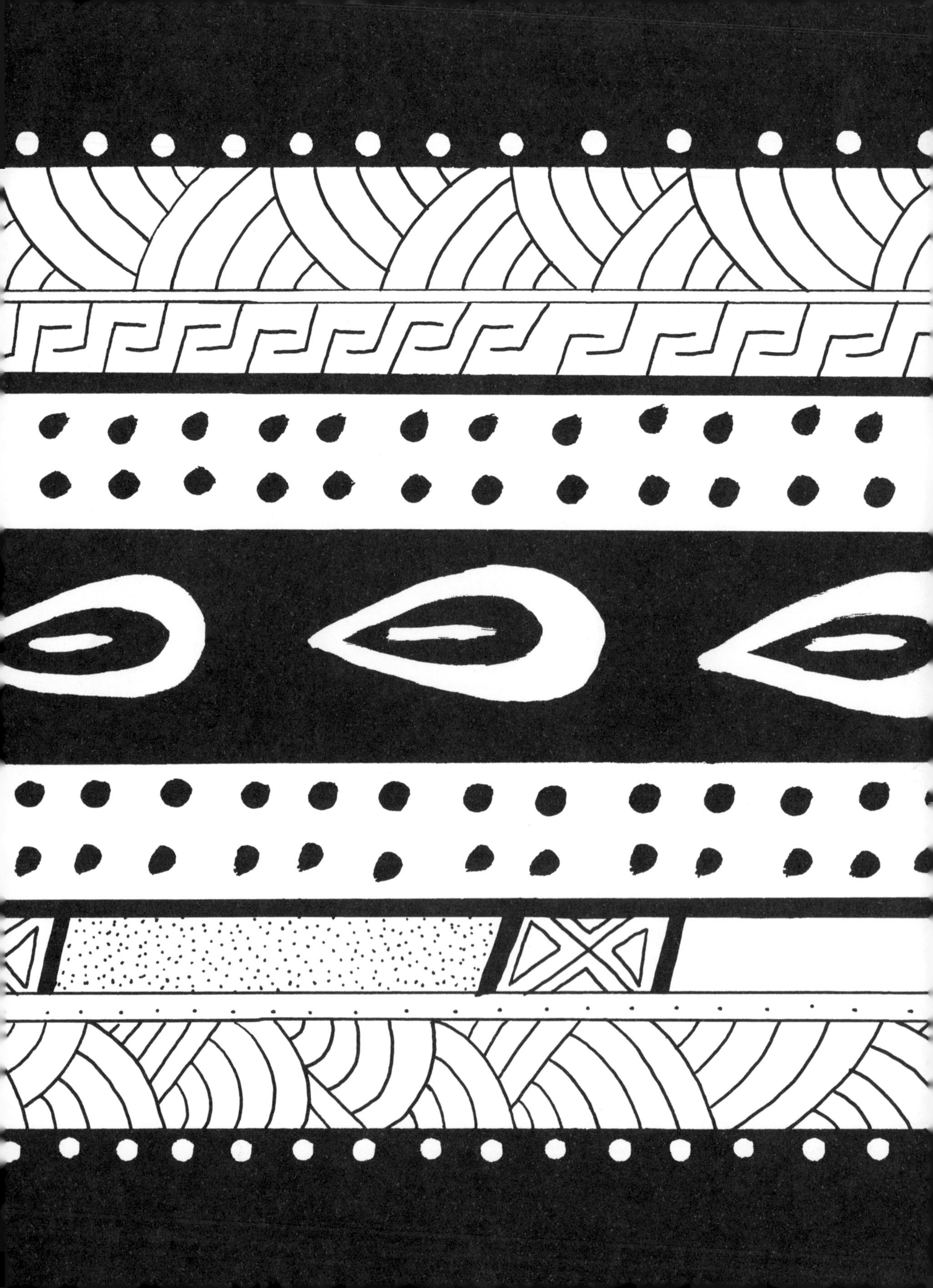